凌凯汽车资料编写组　组织编写

谭本忠　主　编

轻松

QINGSONG
KAOJIAZHAO

考驾照

适用车型C1、C2、C3、C4

C1

C2

C3

C4

化学工业出版社

·北京·

图书在版编目（CIP）数据

轻松考驾照（适用车型C1、C2、C3、C4）/谭本忠主编. —北京：化学工业出版社，2011.5
ISBN 978-7-122-10558-5

Ⅰ.轻… Ⅱ.谭… Ⅲ.汽车-驾驶员-资格考核-自学参考资料
Ⅳ.U471.11

中国版本图书馆CIP数据核字（2011）第024237号

责任编辑：周　红　　　　　　　　　装帧设计：尹琳琳
责任校对：王素芹

出版发行：化学工业出版社（北京市东城区青年湖南街13号　邮政编码100011）
印　　装：化学工业出版社印刷厂
710mm×1000mm　1/16　印张9$\frac{1}{2}$　彩插1　字数132千字　2011年6月北京第1版第1次印刷

购书咨询：010-64518888（传真：010-64519686）售后服务：010-64518899
网　　址：http://www.cip.com.cn
凡购买本书，如有缺损质量问题，本社销售中心负责调换。

定　　价：29.80元　　　　　　　　　　　　　　版权所有　违者必究

前　言

　　随着汽车工业技术的发展，汽车越来越多地走入千家万户。为了满足广大初学者对汽车知识的迫切需要，弥补刚取得驾驶证的知识和能力方面的不足，我编写了本书。

　　本书系统介绍了从报名学车到考取驾证的具体程序，全面论述了汽车驾驶基础动作的练习方法和要领，深刻阐明了一般道路驾驶的操作技巧，综合分析了驾驶理论、实际操作考试的内容以及答题、应考的基本方法。有针对性地对考试内容和学员在考试过程中容易出现的问题，从心理素质和驾驶技能两个方面分别进行指导。本书按照国家规定标准，既注重基本知识的介绍，又吸取国内外的一些先进教学经验，提出了科学的教学方法，从而使初学开车的朋友能准确、高效、快捷地掌握汽车驾驶技术，并顺利地通过考试，达到事半功倍的效果。本书是初学驾驶者的良师益友！

　　本书共分七章，分别是：第1章申领驾驶证须知；第2章学习驾驶准备；第3章基本操作；第4章科目一（理论）考试；第5章科目二（场地驾驶）考试；第6章科目三（道路驾驶）考试；第7章考试辅导。本书适用于小型汽车（C1）、小型自动挡汽车（C2）、低速载货汽车（C3）、三轮汽车（C4）。

　　本书既适合于准备学车、正在学车或领取驾驶证不久的朋友自学使用，也可以作为汽车驾驶学校的教材使用。

　　本书由凌凯汽车资料编写组组织编写，谭本忠主编，参加编写的还有谭敦才、李杰、于海东、蔡永红、廖远强、段金龙、钟利兰、李土军、姚科业、陈海波、李丽娟、丁红艳、冷艳晖、辛小梅、陈波、黄静、邓冬梅、张晓芳、李黎明、谭秋平、吴长青、张树坤、徐三军、邢舰中、夏绍全、陈世家、张文、程军、马金里、钟伟林、张治贵、李子深。

　　由于编者水平有限，加之时间仓促，书中难免有不妥之处，敬请读者批评指正。

编者

目　　录

第1章 申领驾驶证须知

作为准备和初次学习汽车驾驶的公民，有必要对汽车驾驶证申领的基本常识作个全面的了解，如汽车驾驶证申领知识，以便在申领驾驶证时有充分的思想准备，并能为今后提供方便。

机动车驾驶证是公安机关的交通管理部门遵循公开、公正、便民的原则，依照公安部颁发的《机动车驾驶证申领和使用规定》，受理申请人的申请，审核申请人提交的资料，对符合条件的公民按照规定程序和期限办理的允许驾驶报考车型的技能凭证。机动车驾驶证具有法律效力，它证明持证人具有法定的驾驶权利和资格；机动车驾驶证一经授予，除法定程序外，不能随意更改；持证人在驾驶活动中受驾驶证确定内容的约束。

车辆管理所使用全国统一的机动车驾驶证计算机管理软件，能够完整、准确地记录和存储申请受理、科目考试、机动车驾驶证核发等全过程和经办人员信息，并能实时将有关信息传送到全国公安交通管理信息系统中。机动车驾驶证由计算机管理系统打印，非计算机打印的机动车驾驶证无效。

1.1 申领驾驶证的基本知识

公民要驾驶机动车，必须按照《中华人民共和国机动车驾驶证管理办法》申领机动车驾驶证。通过驾驶技能培训并合格后取得驾驶证，才能证明持证人具有驾驶机动车的合法资格，驾驶证可以在全国范围使用，但只能驾驶驾驶证上规定的准驾车型的车辆。

1.1.1 驾驶证的类型

（1）机动车驾驶证的准驾车型

由于不同类型的机动车的性能结构差异较大，对考试科目和要求也不一样，不同车型对驾驶员的驾驶技术、驾驶经验、应变能力等方面的要求也不尽相同。为了保证交通安全，根据各种机动车辆的驾驶特点，车辆管理机关依据驾驶员考试的车型，经审查及考试合格后，在其所持有的驾驶证中相应准驾车型记录

栏内予以签章，即表示该驾驶员准许驾驶该车型的机动车辆，称之为准驾车型，且用英文字母表示。

根据2010年4月1日开始实施《机动车驾驶证申领和使用规定》，机动车驾驶证的类型可分为十六种，如表1-1所示。

表1-1　机动车驾驶证的类型

准驾车型	代号	图例	准驾的车辆	准许驾驶的其他准驾车型
大型客车	A1		大型载客汽车	A3、B1、B2、C1、C2、C3、C4、M
牵引车	A2		重型、中型全挂、半挂汽车、列车	B1、B2、C1、C2、C3、C4、M
城市公交车	A3		核载10人以上的城市公共汽车	C1、C2、C3、C4
中型客车	B1		中型载客汽车（含核载10人以上，19人以下的城市公共汽车）	C1、C2、C3、C4、M
大型货车	B2		重型、中型载货汽车；大、重、中型专项作业车	
小型汽车	C1		小型、微型载客汽车以及轻型、微型载货汽车；轻、小、微型专项作业车	C2、C3、C4
小型自动挡汽车	C2		小型、微型自动挡载客汽车以及轻型、微型自动挡载货汽车	
低速载货汽车	C3		低速载货汽车（原四轮农用运输车）	C4

续表

准驾车型	代号	图例	准驾的车辆	准许驾驶的 其他准驾车型
三轮汽车	C4		三轮车（原三轮农用运输车）	
残疾人专用小型自动挡载客汽车	C5		残疾人专用小型自动挡载客汽车	
普通三轮摩托车	D		发动机排量大于50mL或者最大设计车速大于50公里/小时的三轮摩托车	E、F
普通二轮摩托车	E		发动机排量大于50mL或者最大设计车速大于50公里/小时的二轮摩托车	F
轻便摩托车	F		发动机排量小于等于50mL，最大设计车速小于等于50公里/小时的摩托车	
轮式自行机械车	M		轮式自行机械车	
无轨电车	N		无轨电车	
有轨电车	P		有轨电车	

（2）机动车驾驶证的类型

汽车驾驶执照可分为驾驶证（如图1-1所示）、学习驾驶证和临时驾驶证三种，分别适于实用期、学习期和境外人员临时入境时使用，只有持有相应的驾驶证的人员，才准许按规定学习驾驶或正式驾驶准驾车型在国内的道路上行驶。此外，还有专为中国人民解放军及武装警察部队人员使用的军车驾驶证和武警驾驶证。

图1-1　驾驶证票样

1.1.2　准驾车型的选择

报考何种驾证应根据自己的需要来确定。一般地，只开私家的考C1证就可以了。C1证可以驾驶手动挡和自动挡的车辆。倘若只爱开自动挡的汽车，可以报C2证。2010年的公安部修改的《机动车驾驶证申领和使用规定》，允许一部分残疾人朋友申领驾驶证，也就是C5。想以驾驶为职业的，最好选考B2证。

1.1.3　申领驾驶证的条件

（1）年龄

申请小型汽车、小型自动挡汽车、残疾人专用小型自动挡载客汽车的，要求在18到70周岁；申请城市公交车、中型客车、大型货车、无轨电车或者有轨电车准驾车型的，要求在21到50周岁。

（2）身体

身高

申请大型客车、牵引车、城市公交车、大型货车、无轨电车准驾车型的，身高为155厘米以上。申请中型客车准驾车型的，身高为150厘米以上。

视力

申请大型客车、牵引车、城市公交车、中型客车、大型货车、无轨电车或者有轨电车准驾车型的，两眼裸视力或者矫正视力达到对数视力表5.0以上。申请其他准驾车型的，两眼裸视力或者矫正视力达到对数视力表4.9以上。

辨色力

无红绿色盲。

听力

两耳分别距音叉50厘米能辨别声源方向。有听力障碍但佩戴助听设备能够达到以上条件的，可以申请小型汽车、小型自动挡汽车准驾车型的机动车驾驶证。

上肢

双手拇指健全，每只手其他手指必须有三指健全，肢体和手指运动功能正常。但手指末节残缺或者右手拇指缺失的，可以申请小型汽车、小型自动挡汽车准驾车型的机动车驾驶证。

下肢

双下肢健全且运动功能正常，不等长度不得大于5厘米。但左下肢缺失或者丧失运动功能的，可以申请小型自动挡汽车准驾车型的机动车驾驶证。右下肢、双下肢缺失或者丧失运动功能但能够自主坐立的，可以申请残疾人专用小型自动挡载客汽车准驾车型的机动车驾驶证。

躯干、颈部

无运动功能障碍。

其他

有下列情形之一的，不得申请机动车驾驶证：

有器质性心脏病、癫痫病、梅尼埃综合征、眩晕症、癔症、震颤麻痹、精神病、痴呆以及影响肢体活动的神经系统疾病等妨碍安全驾驶疾病的；吸食、注射毒品，长期服用依赖性精神药品成瘾尚未戒除的；吊销机动车驾驶证未满二年的；造成交通事故后逃逸被吊销机动车驾驶证的；驾驶许可依法被撤销未满三年的；法律、行政法规规定的其他情形。

1.2　报考汽车驾驶证的流程

报考汽车驾驶证的基本流程如图1-2所示。

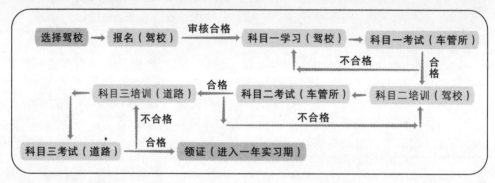

图1-2　报考汽车驾驶证的基本流程图

1.2.1　选择驾校

现在社会上驾校市场十分火爆，各种各样、鱼龙混杂，各种高喊"受骗"、"上当"的声音也不绝于耳。"如何挑选一个好驾校？"是想考驾驶证人员的首先要解决的一个十分重要的问题，选择时要慎重。笔者建议，在报名某驾校以前一定要亲自到驾校了解具体情况，实地考察一番。选择好驾校从以下几点去考察。

（1）场地

规模大的驾校一般都注重自己的品牌形象，管理较为规范，拥有技术过硬和良好作风的教练，能提供优质的服务。较之，规模小的驾校则没有这些优势，经营管理、服务质量较差一些。由于缺乏竞争优势，他们可能会采取不同的手段牟利，让学员的利益遭受损失。观察驾校规模，最好就是亲自去实地考察。注意它是否有规范的训练场地（如图1-3所示），是否有具备教练证的教练，是否有与考试用车一致的车型，等等。

图1-3　驾校培训场地一角

某些驾校在学员报名时，工作人员满口承诺："除学费和考试费之外不会再收其他费用"，等到学员上车培训后又开始变相增加费用，或者要给教练好处，或者压缩训练时间，或者提供与承诺不相符的车型，等等。另外，在选择驾校之前，先向学过车的好友亲朋了解一些驾校情况。

（2）看驾校的相关证件

国家交通部《机动车驾驶员培训机构资格条件》对驾校的车辆、人员、场地等基础条件提出了严格的要求，达到要求的驾校才被视为合格驾校，具有为考生报名、培训和考试的资格。对有资格办学的驾校国家会颁发培训许可证书，教练员有教练员证等。因此，选择驾校时要注意，驾校是否有驾驶培训资格证书，教练员是否有教练员证，名字是否在有关部门对外公布的通过资质审验的合格驾校之内。在某些大规模的驾校报名时最好要到校本部去报名，那里的报价比较合理，也能防止遇到挂靠甚至是打着别校的名字收钱，不能提供好服务的报名点。

（3）看价格

驾培市场现行价格是由市物价局统一制订的，要求在各个咨询报名点亮证经营，出示由市政府颁发的经营服务性收费价目表。让您明明白白学驾驶，避免学车时被巧立名目加收费用。

一般不同省市的驾校收费差异较大，同一个地方的驾校收费也会有小的差异。但是，同一地方的驾校报价差异很大或过分低于市场价的价格，这就要引起注意。驾校收费一般包括，报名费、培训费、考试费、办证费、学习资料费，等等。如，广州市驾驶培训的收费项目有报名费、培训费、考试费、办证费、牌证费、场地租用费、学习资料费、长途费、长途食宿费等。低价格往往带来低品质的服务，掌握不了技术，甚至需要多次补考，那么学员在时间、金钱和精神上的成本就远不止在报名费上节省下来的那些了。

（4）看通过率和约考频率

虽说进驾校的主要目的就为了能通过考试，顺利拿到驾驶证。但是，也不能忽视驾驶技术的学习。驾驶技术的好坏关系到人的生命财产安全，不能被称为有证的"马路杀手"。因此，选驾校时一定要注意它真实的考试通过率。考试通过率往往反映的是教学培训质量。不要因小失大，为省一点学费，而花费更多的时间和钱财，甚至生命。此外，驾校的约考频率也值得留意。车管所的考官人数有限，工作繁忙。如果学完了车在家待考浪费时间，对学员来说是一种煎熬。因此，选择驾校时，要考虑驾校的约考时间。

总之，在选择时要货比三家，多看、多听、多比较，经充分了解后再作决定，选择时不要单纯追求低价格，要参照上述几点全面考虑。

1.2.2 报名

凡符合《机动车驾驶证申领和使用规定》规定年龄和身体条件而又需要学习驾驶机动车的可以申请适合自己驾驶证类型。申请机动车驾驶证应当向长期居住地车辆管理所提出申请；在暂住地居住一年以上的，可向暂住地车辆管理所申请。

根据现行的《机动车驾驶证申领和使用规定》，只要掌握了交通法规和相关知识即安全知识和机械常识，并经车辆管理所考试合格，就可以取得学习驾驶证。在取得学习驾驶证后，可以自己选择学习驾驶技术的方式，掌握驾驶技能后可以直接申请考试，考试合格后，车辆管理所核发驾驶证。

目前，申请驾驶证报名一般都是委托机动车驾驶培训学校办理相关的手续。前面已对怎样选择一家好的驾校做了阐述，在此不再赘述。选择好驾校之后，准备好身份证和三张同底版1寸免冠照片等材料。在报名时需要履行以下手续。

（1）填表

填写《机动车驾驶证申请表》（见表1-2所示），由申请人直接到车管所的办事窗口办理，不再需要单位或第三方审批、盖章，一般由驾校委托办理。

（2）验证

交验身份证件（居民身份证、护照等），在暂住地申请的还应该交验暂住证或居住证（暂住期为一年以上），外国和香港、澳门、台湾地区人员还应交验居留证件（居留期为一年以上）。

（3）体检

接受身体检查。通过在正规医院身体检查并填写体检表（表1-3），合格即可。具体事宜可询问驾校或车管所的工作人员。

（4）考试

经过交通法规、机械常识及相关知识的学习后参加车辆管理部门组织的考试，成绩在90分以上者为合格。

（5）办学习驾驶证

办齐手续，体检、理论考试合格后即可办理学习驾驶证。

表1-2　机动车驾驶证申请表

机动车驾驶证申请表

受理岗签字签章　　　　　　档案编号

申请人信息	姓名		性别		出生日期		国籍	
	身份证明名称		号码				照片	
			号码					
	住所地址							
	联系地址							
	联系电话			邮政编码				

申请业务种类	申领	□初次申领	申请的准驾车型代号		现准驾车型代号	
		□增加准驾车型	属于持军警驾驶证、境外驾驶证申领的，还应填写下列事项：			
		□持军警驾驶证	□军队驾驶证 □武警驾驶证 □香港驾驶证 □澳门驾驶证 □台湾驾驶证 □外国驾驶证 所持驾驶证的证号_____ 签注的准驾车型代号_____			
		□持境外驾驶证	初次领证日期_____ 有效期截止日期_____			
	换证	□有效期满	有效期截止日期		有效期限	
		□转入	转入原因 □户籍迁入 □来本地居住	原驾驶证档案编号		注：原C证可换领B1、C1、C2证。换领B1证的，须每年提交身体条件证明，逾期一年未提交将予以注销；换领C1、C2证且年龄在60周岁以下的，驾驶证有效期内无需提交身体条件证明
		□达到规定年龄	现准驾车型代号	申请的准驾车型代号		
		□自愿降低准驾				
	补证	□身份信息变化	变化事项	变化后内容		
		□证件损毁	原因			
		□补证				
		□注销				
	注销	申请方式	□本人申请　　　□监护人申请 □委托　　　　　代理申请	本人签字：　　　年 月 日		
		委托代理	代理人/监护人姓名	身份证明	号码	
			住址			

机动车驾驶证申请人应当如实申告是否具有下列不准申请的情形：

一、器质性心脏病、癫痫病、梅尼埃综合征、眩晕症、癔症、震颤麻痹、精神病、痴呆以及影响肢体活动的神经系统疾病等妨碍安全驾驶疾病；

二、吸食、注射毒品，长期服用依赖性精神药品成瘾尚未戒除；

三、提供虚假申请材料，以欺骗等不正当手段申领机动车驾驶证；

四、被吊销机动车驾驶证未满两年；

五、造成交通事故后逃逸被吊销机动车驾驶证；

六、驾驶许可依法被撤销未满三年；

七、机动车驾驶证被暂扣；

八、法律和行政法规规定的其他不准申请的情形。

上述内容本人已认真阅读，本人不具有所列的不准申请的情形。

申请人签字　　　　　年 月 日

表1-3 机动车驾驶人身体条件证明表

机动车驾驶人身体条件证明

<table>
<tr><td rowspan="5">申请人填报事项</td><td rowspan="3">申请人信息</td><td colspan="2">姓名</td><td colspan="2">性别</td><td colspan="2">出生日期</td><td colspan="2">国籍</td><td rowspan="3">照片</td></tr>
<tr><td colspan="2">身份证明名称</td><td colspan="3">号码</td><td colspan="3"></td></tr>
<tr><td colspan="2">申请/已具有的准驾车型代号</td><td colspan="3">档案编号</td><td colspan="3"></td></tr>
<tr><td rowspan="2">申告事项</td><td colspan="8">本人如实申告 □具有 □不具有 下列疾病或者情况
□器质性心脏病 □癫痫 □梅尼埃综合征 □眩晕
□癔症 □震颤麻痹 □精神病 □痴呆
□影响肢体活动的神经系统疾病等妨碍安全驾驶疾病
□吸食、注射毒品，长期服用依赖性精神药品成瘾尚未戒除</td></tr>
</table>

<table>
<tr><td rowspan="7">医疗机构填写事项</td><td colspan="2">身高(cm)</td><td></td><td colspan="2">辨色力</td><td colspan="2"></td><td rowspan="3">（医疗机构章）

年月日</td></tr>
<tr><td rowspan="2">视力</td><td>左眼</td><td rowspan="2">是否矫正</td><td colspan="2">□是 □否</td></tr>
<tr><td>右眼</td><td colspan="2">□是 □否</td></tr>
<tr><td rowspan="2">听力</td><td>左耳</td><td rowspan="2">上肢</td><td>左上肢</td><td rowspan="4"></td></tr>
<tr><td>右耳</td><td>右上肢</td></tr>
<tr><td rowspan="2">躯干和颈部</td><td rowspan="2"></td><td rowspan="2">下肢</td><td>左下肢</td></tr>
<tr><td>右下肢</td></tr>
</table>

申请人签字：　　　　　　　　　　　　　　医生签字：

1.2.3 考试科目和顺序

　　考试科目分为：道路交通安全法律、法规和相关知识考试科目，也就是理论考试（以下简称"科目一"）；场地驾驶技能考试科目，也就"桩考"（以下简称"科目二"）；道路驾驶技能考试科目，也就"路考"（以下简称"科目三"）。考试顺序按照科目一、科目二、科目三依次进行，前一科目考试合格后，方准参加后一科目的考试。每个科目考试一次都有一次补考机会，若补考仍不合格，三个工作日本次考试终止。在学习驾驶证有效期内可重新申请考试，重新考试的时间间隔不少于30天。

　　初次申请机动车驾驶证或者申请增加准驾车型的，科目一考试合格后，车辆管理所应当在三个工作日内核发驾驶技能准考证明。驾驶技能准考证明的有效期为二年。申请人应当在有效期内完成科目二和科目三考试。

　　持有军队、武装警察部队机动车驾驶证的人员需要申请大型客车、牵引车、中型客车、大型货车准驾车型机动车驾驶证的，应当考试科目一和科目三；申请其他准驾车型机动车驾驶证的，直接核发机动车驾驶证。属于军队复员、转业、退伍人员的，车辆管理所发证时收回其所持军队、武装警察部队机动车驾驶证。

持有境外机动车驾驶证申请机动车驾驶证的应当考试科目一。申请准驾车型为大型客车、牵引车、中型客车、大型货车机动车驾驶证的，还应当考试科目三。

外国驻华使馆、领馆人员及国际组织驻华代表机构人员申请机动车驾驶证的，按照外交对等原则核发机动车驾驶证。

1.2.4 领证及实习

三个科目依次考试全部合格后，车管所在五个工作日内核发汽车驾驶证。驾驶学员领证后计入驾驶实习阶段。根据2004年5月1日起施行的《中华人民共和国道路交通安全法实施条例》中有关规定，机动车驾驶人初次申领机动车驾驶证后的12个月为实习期。在实习期内驾驶机动车的，应当在车身后部粘贴或者悬挂统一式样的实习标志，如图1-4所示。

图1-4 统一的实习标志

另外，机动车驾驶人在实习期内不得驾驶公共汽车、营运客车或者执行任务的警车、消防车、救护车、工程救险车以及载有爆炸物品、易燃易爆化学物品、剧毒或者放射性等危险物品的机动车；驾驶的机动车不得牵引挂车。

第2章 | 学习驾驶准备

2.1 驾驶培训前的准备

2.1.1 汽车驾驶装束

驾驶员的装束直接关系到驾驶感觉和驾驶操作。如果不注意装束，可能会分散驾驶员注意力，干扰视线，影响正常驾驶。因此，驾驶车辆前要注意装束。

（1）发型

头发过长且垂于眼前就会阻挡视线，发型的选择以不影响视线为宜。女生驾驶时，长发应用东西束紧。驾驶车辆时，不宜带帽檐大的帽子和深色墨镜。

（2）服装

身体和服装应经常保持清洁干爽，穿着舒适，服装袖口肥大、裤褪宽长、包裹双腿、双臂过紧，如：紧身牛仔装、喇叭裤、大衣、筒裙等。也不宜穿着过于暴露身体的运动服装，如：裤杈、短裙等。

不可带二指手套，穿着影响脚部活动、鞋内或鞋底光滑的各类鞋。服装的选择应力求合身，便于身体的各部运动，有利于身体感觉汽车运动状况，如：夹克工作服、矮腰的运动鞋、胶底皮鞋、线手套等。

2.1.2 心理准备

在驾驶学习过程中，很多学员容易产生过度紧张情绪。适度紧张的存在是有好处的，它可以使我们挖掘出自身的潜在能力，但是超过了限度，就是十分有害的，它会阻碍学习的再进展。为了能够消除不良情绪对学习的影响，保持良好的心理状态，再学习过程采用一定的方法来调节自己的情绪。这对提高学习效率具有非常重要的作用。

学员都要学会运用各种手段控制与调整学习过程中的情绪，扬长避短。学员在汽车驾驶学习过程中过度紧张时，可采取以下方法调节心理。

① 恢复松弛法

做一次深呼吸运动，同时放松肌肉，使自己恢复到轻松宁静的状态。

② 自我暗示法

深吸一口气，自己告诉自己："没什么大不了的，我会成功的。"

③ 精神转移法

暂时不再想当前的事情，闭上眼睛，想一件使自己特别开心的事。

④ 停止思考法

暗示自己："不再想它了！"，然后去做另一件事情，转移自己的注意力。

若学员发现自己情绪低落，不必过于担心。只要我们通过经常性的心理锻炼，就会使我们放下思想包袱，轻装上阵，始终保持心情舒畅，使我们在驾驶运作中随心所欲，挥洒自如，发挥出最好的水平，轻松掌握驾驶技能。

很多人在学习驾驶之前有许多担心，特别是女性朋友。对学开车存在一定的畏惧心理，总在心中存在这些疑问：学开车是不是很难？我能学会吗？教练是不是好恐怖？等等。学员存在这种心理十分不利于学开车。所以，学员要在初学驾驶时首先要消除畏惧感，不要怕，要勇敢去面对，大胆去做。开车并非一项难学的技术，别人能学会的自己也一定能学会。因此，学员完全没必要感到畏惧，害怕难学，坚定自信心，大胆地去练。再者，学员学习开车要认真心细，因为驾驶汽车毕竟关系到人的生命和财产安全，所以，学员务必认真努力地学习，真正掌握规范的驾驶操作技术，同时努力培养遵守交通法规、讲究职业道德的好习惯。此外，学员还要逐渐学习一些汽车的构造、使用、维修等方面的常识，以便更好地驾驶汽车，更好地为自己服务。

2.1.3 学习方法

（1）制定合理的学习计划

通常，学习驾驶的人大部分是已经参加工作或是在校的大学生，学习时间有限，也不好安排。因此，在学习驾驶之前，必须预定适合自己的学习时间，制定合理的学习计划。

学会汽车驾驶并达到熟练驾驶的程度，需要较长的一个练习过程，在练习过程中，不是所有的练习都能达到好的效果，有的练习效果很好，有的练习效果较差。要使我们的练习在有限的时间内达到最佳的效果，迅速掌握驾驶技能，除了肯下功夫外，还要充分把握和利用自身的潜在能力，采取有效的方法。

一般合理的时间安排是：每周上午练习2~3次，且每次不宜超过4小时；每次练习时，要对所学过的内容进行1小时左右的复习，加强记忆。这样的安排主要是从人的遗忘规律上来考虑的。人的遗忘规律曲线如图2-1所示。

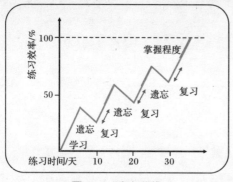

图2-1 遗忘曲线

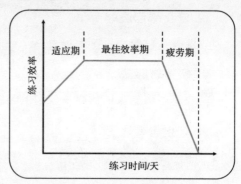

图2-2 练习效率曲线

安排练习的内容要根据教练的教授情况和学员自身的情况而定，做到具体明确。如拟定出一些数量指标和练习标准。根据自己的计划，有序推进，严格按照指标和标准执行。当天的任务当天完成，不要后推，也不要贪多。在练习过程中，要注意劳逸结合，科目二的每次练习时间控制在1小时左右，科目三的每次练习的时间可以控制在2小时左右。练习效率曲线如图2-2所示。

对汽车整体的感觉、盲区的判断，以及行进中的视觉变化等并非一朝一夕就能把握好的，需经过一段较长时间的不断练习才能逐步形成和掌握。因此，学员在前期的练习中就要注意培养对车体、车速的感觉、感知意识，亲身去尝试，用"心"去感觉、体验，慢慢积累经验，才能练就好的技能。图2-3所示为不同类型的学习进度与掌握程度曲线。

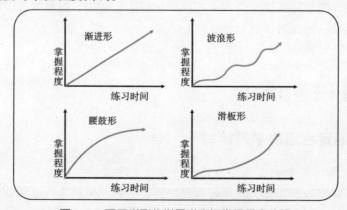

图2-3 不同类型的学习进度与掌握程度曲线

（2）重视教练的教学指导

在学习进程中，要必须重视教练员的指导。教练是驾驶方面的专家，有着丰富的教学经验，要相信教练能教好自己。

汽车驾驶技能学习是一个在实践中学习的过程，若某个环节操作不当都有可能引发事故。因此，学员在学习过程中必须严格听从教练的指挥。

在学习过程中，若遇到不懂的问题时，及时向教练请教。练习时，可请教练在一旁指导，及时纠正自己的错误动作，养成良好的驾驶习惯。同时，学员之间也可以互相交流和提醒。

（3）选择有效的学习方法

驾校的教学大纲和练习课程的设置是根据《中华人民共和国机动车驾驶证管理办法》、《中华人民共和国机动车驾驶员考试办法》的要求和驾驶教学规律来制定的，但不同的驾校的教学方式有所差异，学员也可以参阅不同的教材和请教不同的教练员，选择适合自己特点的学习方式。一般的学习进度如图2-4所示。

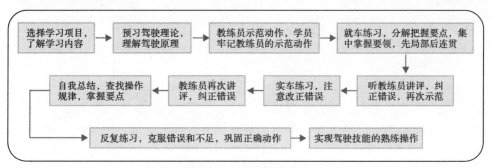

图2-4　一般的学习进度

2.1.4　初学驾驶禁忌

初学驾车要做到以下五忌：

　　上车前，学员应做好充分的心理准备，心态上要放松，不要过于紧张。人一紧张就容易手忙脚，造成操作动作变形，完成不好。严重的连动作都不敢做，该行时不敢行，该停时停不住，很容易造成事故。

二忌急

驾驶汽车关键是要做到胆大心细，不急不躁。情绪急躁，容易顾此失彼，造成操作失误。驾驶时学员要仔细看清情况，大胆操作，该行则行，该停则停。

三忌快

很多人都有这样的误区，认为车子开得快就是驾驶技术高。其实不然，能准确估计其他车辆的车速，并与之保持好安全距离，做到"你快我快，你慢我慢，你停我停"才是真本事。

四忌气

驾驶汽车千万不能斗气，很多交通事故都是斗出来的。在学车时，学员可能因为驾驶技术不熟练，常会"受气"。当"受气"时，学员要心平气和、礼让三先，千万不可意气用事，毕竟开车关乎人的生命和财产安全。

五忌贪

初学驾车的学员一般都会很高的兴致，但重复练习的时间过长容易造成两个问题：一者，过度兴奋会判断不清驾驶行为正确与否；再者，心理紧张引起血压升高，身体疲劳。最好是开一段时间后停下来分析，可以自我分析，也可和其他学员一起分析，这样能找出自己的不足。当然，有教练一旁指导是最好的，这样提高的速度会更快。

2.2 驾驶技能的形成与提高解析

2.2.1 驾驶技能的形成

驾驶技能是通过在教练的指导下练习，从逐步掌握到熟练掌握驾驶动作的过程。这个过程一般要经历驾驶技能初学、驾驶技能提高和驾驶技能成型三个阶段。

（1）驾驶技能初学阶段

驾驶学员初学驾驶操作时，要通过教练员的指导或观察别人如何操作来领会基本驾驶知识的。同时，学员自己也做一些初步尝试练习，把相关联驾驶技能的动作组成一个连贯性的操作系统。学员要认真体会每一个动作的组成及操作，认识它们是如何构成的。

该阶段主要有以下特点：

特点一

领会驾驶操作的基本要求，掌握操作的局部动作。

特点二

注意和记忆都很紧张，动作忙乱而不协调，生硬呆板，出现多余动作，不能觉察自己的全部动作，不易发现错误和缺点。

特点三

自信心不足。

为了提高初学阶段的学习效率，学员要按照教练的要求认真做好基本动作的训练，注意纠正不正确动作。否则，会平时训练中形成不正确的动作定势和习惯，影响驾驶水平，以后纠正起来会较难。学员要虚心求教、认真学习，从基本动作学起，在学习过程中形成良好的驾驶习惯。

在这个阶段常常采用分解学习法，也就是学员练习时，可把复杂驾驶操作分解成一些简单的基本动作来练习。例如把驾驶动作分解成把握方向盘、观察仪表、踏油门踏板、踏离合器踏板、启动发动机、汽车启动、加速、换挡、定点停车、直线行驶、蛇形行驶、转弯、倒车、调头、使用制动器。学员经过反复学习训练，可以逐渐掌握初级的驾驶技能。

（2）驾驶技能提高阶段

学员经过初学阶段的练习，头脑中的技能计划更加明确，逐步熟练掌握了驾驶的分解动作。在中间阶段，学员要将初学阶段学习的相关驾驶分解动作连贯在一起练习。开始时各个动作间的衔接可能不紧密，在转换动作时经常出现短暂的停顿现象，这些都是很正常的。学员在练习时注意动作之间的连贯性。随着连贯性的提高，驾驶技能的结构层次也不断增加，然后逐渐形成整体的协同动作。

该阶段主要有以下特点：

特点一

动作仍有不协调的地方，但多余的动作和动作之间相互干扰的现象趋于消除。

特点二

注意和记忆的紧张程度有所降低，技术逐渐熟练，动作准确性提高，反应时间缩短，但操作中感到有一定负担。

特点三

逐渐积累了运动感觉的经验。观察与感知能力有很大提高，发现错误的能力加强。

特点四

学员可以离开教练员单独驾车，自信心加强，产生自豪感，热情较高。

（3）驾驶技能成型阶段

经过前两个阶段的学习和练习，学员的驾驶技能已基本成型。学员驾驶操作的各个动作已联合成一个有机的整体，各个动作相互协调，越来越轻松自如和自动化，学员的多余动作和紧张状态基本消除，有一些已形成驾驶习惯动作。能根据车内外环境中出现的情况，迅速准确地完成所需要的动作。

该阶段主要有以下特点：

特点一

动作连贯，干净利落。

特点二

观察和控制能力强，情绪稳定。

特点三

操作水平提高，所以消耗身心的能量有所减少。

在上述驾驶技能形成的三个阶段中，学员驾驶技能水平的提高存在着以下规律。

① 初学阶段规律

在初学阶段，刚开始时技能提高迅速，过不久后变慢。造成先快后慢的原因主要有两个。

原因一

初学时学员都有一个兴奋期。刚开始接触驾驶时学员兴趣浓厚，情绪和精神都很饱满，练习时努力认真。兴奋期过后，由于重复地练习同样的动作，学员的兴趣和情绪都会降低，不如兴奋期时那样认真努力。

原因二

初学时，教练一般都是将复杂的动作分解成比较简单的局部动作，让学员分别加以练习，容易掌握，所以进步很快。而后要把各局部动作衔接协调起来练习，难度加大，因此进步速度放缓。

② 提高阶段规律

在提高阶段，驾驶技能提高速度变缓，并且时慢时快，高低起伏不定。造成这种情况的原因有以下两个。

原因一

学员心理状态的影响，如注意力是否集中，态度是否积极，情绪有无波动，以及身体健康状况的变化等。

原因二

客观条件的变化，如练习环境、教练员的态度、情绪和指导方式的变化等。

③成型阶段规律

在成型阶段，技能趋于完美，而且稳定下来，驾驶习惯基本形成。

上述规律只是反映了学员驾驶技能形成的一般趋势。然而，因为学员的个性特点差异，学习态度和努力程度差异，智力、体力差异，所以驾驶技能形成趋势也有所不同。学员要根据上述规律结合自身的情况，适时采取不同措施，调节好驾驶操作练习进度，迅速高效提高驾驶操作技能。

2.2.2 驾驶技能的提高方法

掌握熟练而完美的驾驶技能具备两点要求。一者，动作的控制和调节能力，

驾车时冷静、沉着，动作连贯协调，干净利落；再者，遇到外界刺激时反应快，动作迅速。要达到熟练和完美的程度，必须有很好的练习条件和方法作为保证。

（1）明确练习目的和目标

学员要明确驾驶技能的目的和要求，以及每个动作的意义和特点，有计划、有目的地安排和组织练习进度。只有了解动作才能更好地练习，学员为自己制定一个切实可行的练习目标和计划，这样，可以提高练习的积极性，还可以随时与目标对照，找出差距，加以改进。

（2）掌握正确的练习方法

正确的练习方法是前人在成功与失败的实践中总结出来的科学方法，学员掌握后可以少走弯路，提高练习效率。开始练习前，教练要为学员讲解练习方法并进行示范。练习初期学员动作应适当放慢点，严格地、准确地按要求练习。在练习过程中，也可以与其他学员交流经验和体会，互相学习。

（3）及时总结

每次练习后，最好在教练员的帮助下对练习结果进行分析，对动作正确与否作出评价。把必要的、正确的动作保留下来，在以后的练习中加以保持和发展。把那些多余的、不合格的动作舍弃，在以后练习中集中精力加以克服。这样不但能加快技能掌握的进程，还会提高动作的标准化程度，养成良好的驾驶习惯。

第3章 | 基本操作

3.1 认识汽车及其相关装置

在上车之前，对驾驶学员来说，有必要对汽车做个简单的认识和了解。

3.1.1 汽车外观

在学习驾驶之前，学员要对汽车有一定的认识，见下图3-1所示。

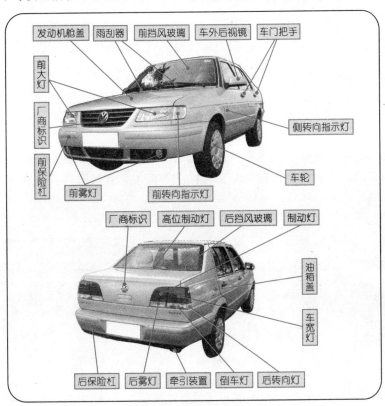

图 3-1　汽车外观图

3.1.2 驾驶操纵装置

（1）方向盘

方向盘主要是操纵汽车行驶方向，它是驾驶操纵装置中使用频率最高的装置。它对保证行车安全具有十分重要的作用。

① 前进

汽车前进过程中，向左转动方向盘时，车头向左偏转，车身运动趋势向左；向右转动方向盘时，车头向右偏转，车身运动趋势向右。

② 倒车

汽车倒退过程中，向左转动方向盘时，车尾向左偏转，车身运动趋势向左；向右转动方向盘时，车尾向右偏转，车身运动趋势向右。

一般地，方向盘对车轮的控制，与自行车的方向控制有很大的差异。方向盘转动一周，车轮只偏转15°~18°，所以初学驾驶的学员必须适应这一点。

另外一点，笔者常见很多初学驾驶的学员由于驾驶技术还不熟练，都习惯在车轮停止时打动方向盘。在熟练的驾驶中，转动方向盘须在车轮滚动的情况下，禁止车轮停止时打动方向盘。因为这样会对汽车的转向系统造成损害。

（2）离合器踏板

离合器踏板又称为离合。离合器踏板只有在配置手动变速器（如图3-2所示）的汽车上才设置有，配置自动变速器（如图3-3所示）的汽车上没有离合器踏板。离合器的主要作用是控制发动机和变速器之间的动力传递。发动机启动、车辆起步、车辆变速等情况下使用离合器踏板。通常与变速杆、油门踏板配合操作。

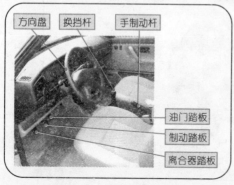

图3-2 配置手动变速器

图3-3 配置自动变速器

在左驾驶位的车上，离合器踏板都是由左脚来操作。

（3）制动踏板

制动踏板又称"脚刹车踏板"，是控制汽车减速或停车的装置。它一般是由右脚操纵。

（4）油门踏板

油门踏板又叫"加速踏板"，是控制发动机转速提高和降低的装置。它一般是由右脚操纵。

在车辆行驶过程中，加速踏板和离合器踏板配合要协调一致，只要踩下离合器踏板，就必须迅速松开油门踏板。正常情况下，在离合踏板尚未抬起，就踩下加速踏板，即被视为加"空油"，这是不规范的驾驶动作，会加速离合器摩擦片的磨损。

另外，汽车在正常行驶过程中，右脚除必须使用制动踏板时外，其他时间都要放在加速踏板上。

（5）变速操纵杆

变速操纵杆简称变速杆。通过变速操作杆变换挡位来改变汽车传递的转矩和转速，并可以使汽车前进和倒退。

变速杆将变速器的齿轮进行不同的组合，称为挡位。低挡位转矩大，车速低；高挡位车速高，但转矩小；倒挡可实现倒车；空挡可保护汽车在原地不动时发动机照常运转。

变速操纵杆根据汽车配备的变速器的不同可分为手动变速器变速操纵杆和自动变速器变速操纵杆。

① 手动变速器变速操纵杆

手动变速器一般有4至6个前进挡和1个倒挡，如图3-4所示。

发动机运转时，挂倒挡首先应将离合器踏板踏到底，停顿片刻再将换挡杆挂入倒挡，否则挂倒挡时将会产生齿轮撞击声，一旦挂入倒挡，倒车指示灯即亮。

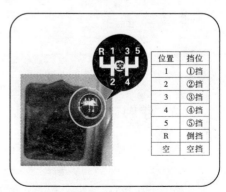

位置	挡位
1	①挡
2	②挡
3	③挡
4	④挡
5	⑤挡
R	倒挡
空	空挡

图3-4 手动变速器换挡杆

> ⚠️ **注意** 挂倒挡时，务必待汽车停稳后再挂倒挡！

② 自动变速器变速操纵杆

自动变速器变速操纵杆如图3-5所示。

图3-5　自动变速器换挡杆

P-驻车锁止挡

该位置时，驱动车轮被机械装置锁止。车辆完全静止时，才能挂入驻车锁止挡。若欲挂入和脱离"P"挡，则必须踏下制动踏板，同时按下手柄上的锁止按钮。

R-倒车挡

轿车完全静止，并且发动机处于怠速运转状态时方能挂入倒车挡。挂入倒挡前，必须按下手柄上的锁止按钮。

N-空挡

车辆处于静止状态，并且点火开关打开时，或车速低于5公里／小时时，踏下制动踏板，方可将变速杆移出"N"挡。

D-正常行驶挡

根据节气门开度和车速，变速机构在四个前进挡之间自动上下换挡。

3-坡度挡

根据节气门开度及车速，变速机构在1、2、3三个前进挡之间自动上下换挡，但不会换入4挡，从而提高了发动机的制动效果。

2-长坡挡

长距离爬坡和下坡时应选用该挡。根据节气门开度及车速，变速机构在1、2两个前进挡之间自动上下换挡，3、4两个前进挡被闭锁，避免挂入不必要的高速挡，进一步提高了发动机的制动效果。

1-陡坡挡

上下陡峭的坡路时应选用该挡。按下换挡手柄上的锁止按钮，方可挂入该挡，挂入该挡后，轿车始终以1挡行驶，不会换入2、3、4三个前进挡，从而最大限度发挥发动机的制动效果。

（6）手制动操纵杆

手制动操纵杆俗称手刹，用以防止车辆停止时自行溜动的装置，如图3-6所示。在紧急制动时，常配合脚制动使用，以增强整车制动效能；坡道起步时，配合油门踏板使用，以防止汽车倒溜。

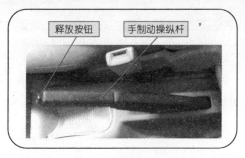

图3-6 手制动操纵杆

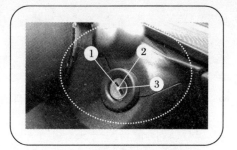

图3-7 捷达三挡点火开关

3.1.3 辅助操纵装置

（1）点火开关

① 三挡位点火开关

捷达轿车的点火开关有三个挡位，如图3-7所示。

汽油发动机

位置1——切断点火开关／关闭发动机／锁止方向盘

位置2——接通点火开关

位置3——启动发动机

柴油发动机

位置1——切断燃油供应／关闭发动机

位置2——预热／正常行驶

位置3——启动发动机

② 四挡位点火开关

很多轿车上的点火开关有四个挡位，如图3-8所示。

图3-8 四挡位点火开关

位置LOCK

点火开关断开/发动机熄火/拔出钥匙后可锁住转向盘。

位置ACC

接通车辆附件。

位置ON

发动机正常工作装置。

位置START

启动发动机。

> **注意** 车辆停稳前切勿拔出点火钥匙，避免无意中锁止方向盘；如钥匙在匙孔内不易转动或根本不能转动，应将转向盘轻轻地往复转动，以放开锁紧销。

（2）转向信号灯及变光开关（操纵杆）

① 转向信号灯开关

转向信号灯控制

转向信号灯开关用于指示汽车行驶方向的变化。点火开关打开后，转向信号灯才可以工作。转弯或变换车道时，将手柄上拨或下拨至压力点，并保持在该位置，转向信号灯须同时闪亮，如图3-9所示。与此同时，组合仪表上的指示灯闪亮。一般地，车辆直线行驶后，转向信号灯及变光操纵杆（开关）回正，转向信号灯自动熄灭。

> **注意** 转向灯损坏时，仪表盘上的信号指示灯会快速闪烁。

驻车灯控制

在车辆点火开关关闭后，转向信号灯开关可以控制驻车灯。也就是说，点火开关关闭后，驻车灯方能工作。

右驻车灯-上拨转向信号灯操纵杆；左驻车灯-下压转向信号灯操纵杆。

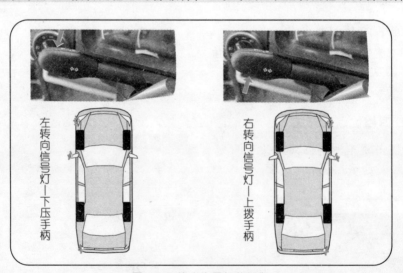

左转向信号灯—下压手柄

右转向信号灯—上拨手柄

图3-9 转向信号灯的控制

② 变光开关

前大灯变光

在车灯开关关闭的情况下，朝转向盘方向将手柄抬过压力点，即可使大灯闪光，组合仪表上的远光指示灯同时亮。

（3）雨刮器及洗涤器开关（操纵杆）

① 风窗雨刮器开关

雨刮器开关用于雨天、雾天控制使用雨刮器，如图3-10所示。图中的风窗雨刮器开关有三个控制挡位。

图 3-10　风窗雨刮器开关操作

短时刮水
将手柄上拨至位置1前的压力点。

快速刮水
手柄上抬至位置1。

慢速刮水
手柄上抬至位置2。

慢速刮水
手柄下压至位置3，刮水器每6秒钟工作一次。

关闭刮水器
手柄上回正至位置0。

② 风窗洗涤器开关

朝方向盘方向拉手柄，并将其保持在该位置，系统即可持续工作。
自动洗涤／刮水朝方向盘方向拉手柄，刮水器和洗涤器同时开始工作。
松开手柄，洗涤器停止工作，刮水器还将工作约4秒钟。

（4）喇叭开关

喇叭是为了提醒和警告行人及车辆注意避让的装置。按下喇叭按钮（如图3-11所示），喇叭就会发出鸣叫声音，放松按钮，声音就会停止。

喇叭的使用应注意场合和对象。每次按下通常一次以两声为宜，时间为两到三秒，切忌长时间地按下不放，按下时间过长不仅造成噪声污染，而且容易损坏机件。

图 3-11　喇叭开关

（5）灯光组合开关、仪表照明灯亮度调节开关

灯光组合开关用于控制全车灯光，如图3-12所示。

① 示廓灯挡

　　灯光旋钮在示廓灯挡时，车辆的示廓灯和组合仪表照明灯亮。

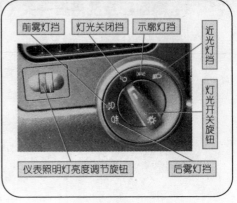

图 3–12　灯光组合开关

② 近光灯挡

　　灯光旋钮在示廓灯挡时，前大灯近光或远光亮。打开点火开关后，前大灯才能工作。发动机启动时或点火开关关闭后，前大灯自动熄灭。

③ 前雾灯挡与后雾灯挡

　　灯光旋钮在前雾灯挡时，前雾灯亮；灯光旋钮在后雾灯挡时，前后雾灯亮或仅后雾灯亮。

　　点火开关接通后，前雾灯可与停车灯、远光或近光灯同时工作；后雾灯只能与前雾灯或远近光同时工作。

④ 仪表照明灯亮度调节开关

　　该开关上面有一滚花旋钮，用于调节仪表照明灯亮度。

（6）其他开关

① 危险警报灯开关

　　打开危险警报灯，开关上的指示灯随即亮，车外的全部转向灯闪亮，同时组合仪表上的两个转向信号指示灯闪亮。点火开关关闭后，该装置仍可工作。

② 后风窗加热器开关

　　点火开关打开后，后风窗加热器方能工作。一旦接通后风窗加热器，开关上的指示灯即亮。加热除霜后，应立即关闭加热器，减少耗电量，降低油耗。

3.1.4　汽车工作状态监控装置

　　为了驾驶员随时能够正确地掌握汽车各系统的工作情况，保证行车安全，提高汽车运行的可靠性，在驾驶室的组合仪表板上设置有各种指示仪表和指示报警灯，如图3-13所示。

（1）发动机转速表

发动机转速表显示发动机转速。刻度盘上的红色区域为发动机磨合暖机后短期高速运转时的最高允许转速。指针到达该区域时，应立即换入高挡或降低发动机转速，及时换入高挡能够提高燃油经济性和降低发动机运转噪声。

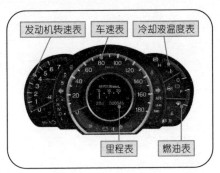

图3-13 组合仪表

（2）车速表、里程表、区间里程表

车速表显示汽车行驶速度、汽车累积行驶里程和区间里程表。

车速里程表包括车速表和里程表。指针所指刻度为当前车辆的车速，在上面的计数器显示累计总行驶里程，在下部计数器记录短程行车里程。现在的汽车一般采用液晶显示。在仪表盘中间下方有一个短程行车里程回零按钮，按下该按钮可把短程计数器的里程调到零。

（3）发动机水温表

发动机水温表显示发动机冷却液温度。发动机冷却温度正常时，指针会指在表盘中间。通常发动机正常工作温度应为80~90℃（一些高级轿车在100~105℃为正常）。温度过低时（指针指在"C"上），应避免发动机在高速运转及负荷过重；温度过高时（指针指在"H"上），应立即停车检查，排除故障后才可以继续行驶。

（4）燃油表

燃油表显示燃油箱的存油量。燃油表指针在"F"位置时，表明燃油箱已满；燃油表指针在"E"或接近红线时，说明燃油所剩不多，应尽快加油。

（5）组合仪表主要报警、指示灯

组合仪表主要报警、指示灯见下表3-1所示。

轻松考驾照

表3-1　组合仪表指示灯及其指示功能

符号	名称	指示功能
	示廓灯指示灯	当组合开关打到位置灯挡时，此指示灯亮
	近光灯指示灯	大灯使用近光时，本指示灯亮
	左右转向及紧急报警指示灯	车辆出现紧急情况和非正常状态行车时，使用本指示灯。所有转向信号灯及侧面转向信号灯同时闪亮。左转向时，左转向信号灯闪亮；右转向时，右转向信号灯闪亮
	机油油压指示灯	点火开关接通时，本指示立即点亮，发动机启动后，熄灭。否则，表明发动机油底壳油位过低或润滑系统出现故障，应立即熄灭发动机进行油位检查或加注
	充电指示灯	点火开火接通时，本指示灯立即点亮，发动机肩动后立即熄火。否则，即表示蓄电池充电系统出现故障
	制动、制动液位灯	在正常情况下，当点火开关处于"ON"或"START"位置时灯亮，在发动机启动后灯熄灭。当制动液储液罐的液面低于规定液面时，灯将亮，应立即按规定加注制动液。手制动没有完全释放时，灯亮起
	安全气囊指示灯	车辆启动时，打开点火开关，警告灯将在EUC的驱动下闪烁几下后熄火，以此通知驾驶员该气囊系统功能正常，如警告灯常亮或不亮，表明安全气囊系统存在故障
	安全带指示灯	点火开关接通时，本指示灯立即点亮，当安全带扣插入安全带固定座时，此灯熄灭，表明安全带扣合好
	驻车制动灯	当点火开关接通而又处于驻车状态下时，此指示灯点亮；松开驻车制动杆后，此指示灯立即熄灭
	ABS指示灯	在点火开关接通时，ABS灯立即点亮约3秒后又熄灭。如果灯不亮、不熄灭或在行车过程中灯异常亮，表明ABS系统出现故障，应立即检查或到维修站维修。否则，ABS系统将失去作用
	发动机故障指示灯	当点火开关处于"ON"位置时，故障指示灯亮，表明故障回路正常。当发动机启动后此灯熄灭。如果指示灯不熄灭或在行车过程中异常灯亮，表明发动机控制模块出现故障

3.2 驾驶培训前的准备

3.2.1 上/下车操作规范

上、下车在很多人眼中是很简单的，但从上、下车的动作可以看出一个驾驶员开车的熟练程度及习惯。掌握上、下车的动作顺序，从开始就要养成良好的习惯。上、下车的动作也是驾驶证考点之一。

（1）上下车的方法

①上车步骤

步骤一

沿车辆周围绕行。从车的左后开始侧绕行至左前门，以确认有无安全隐患存在。

步骤二

要观察车四周情况，特别是后方来的车辆，轻轻打开车门。此时不要将车门开得过大，大小能通过驾驶员即可。

步骤三

左手扶车门，右手扶方向盘上部，按着右脚、腰、上身的顺序进入车内。右脚放置于油门踏板下方，左脚放置于离合器踏板左下方。

步骤四

轻关车门。为了防止车门关不严，最好在门关到还差10厘米左右时停一下，再用力关上。

步骤五

轻轻推动或看车灯确认车门已锁好后再启动。如果门未关严的警告灯还亮着，再重新关好。

②下车步骤

步骤一

注意车辆周围的情况，特别是后方的交通情况。

步骤二

车门稍打开一点，再次确认是否安全。

步骤三

打开车门，迅速下车。车门不要开得过大，能让驾驶员通过即可。

步骤四

轻轻关好车门，同上车时的关门方法相同。

（2）上下车时的注意事项

① 下车前要注意拉手刹，熄灭发动机，将变速杆放到空挡等停车操作完成后才能下车。

② 注意在不影响其他车辆的情况下迅速上下车。

③ 一定要进行安全确认，以避免不必要的事故发生。

3.2.2 驾驶姿势、视线调整和安全带的使用

（1）正确的驾驶姿势

正确的驾驶姿势能有效地减轻驾驶员的疲劳程度，有益于驾驶员灵活自如地操作各种装置，方便地观察道路情况和仪表盘。

正确的驾驶姿势是：身体正对方向盘，后背紧靠座椅靠背，臀部顶住座椅角，尽量往后靠，两眼正视前方，两手分别自然握住方向盘两侧，两肘自然下垂，全身自然放松，两腿分开成倒八字形，右脚放在加速踏板右下方，左脚放在离合器踏板左下方。腿能伸缩自如，双脚能自如操作离合器踏板、制动踏板和油门踏板。

（2）座椅位置的调整

① 调整座椅的基本要求

- 驾驶员能迅速，准确地操纵控制机构；
- 坐姿舒适放松；
- 充分发挥安全带的保护作用。

② 座椅的调整方法

座椅太远或太近都不好，一般以便于操作离合器踏板、制动踏板和油门踏板为宜。

座椅前后的调节

提起调节手柄，前后移动座椅至合适位置，然后放开手柄，再次移动一下身体，使定位机构正确啮合，如图3-14所示。驾驶员应根据自身体型将座椅调整至适当位置，便于充分踏下踏板。

图3-14 座椅前后调整

图3-15 座椅靠背调整

座椅靠背的调节

调节角度时，旋动座椅左侧的调节钮。根据自己的情况来进行调节，最多倾斜1~2段，如上图3-15所示。

（3）车内后视镜的调整

将车内后视镜调节到透过后车窗可以清楚地看见后方情况的位置。在调整时注意手不要接触镜面，保持驾驶姿势，如图3-16所示。注意行车中禁止调节后视镜，否则会非常危险。

图3-16 车内后视镜调节

（4）车外后视镜的调整

后视镜调整旋钮位于驾驶员侧车门内饰板上（如图3-17所示）。旋转旋钮即可切换左右后视镜。

沿图示箭头方向推旋钮，即可使镜面移动。若电动调整功能失效，则可用手推压后视镜边缘来调整后视镜。

一般地，调节镜面时先左右调节再上下调节，左右调节到看见车身的三分之一，上下调节到能看到路面的三分之二，如图3-18所示。

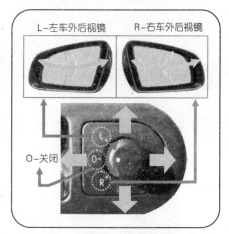

图3-17 车外后视镜调节按钮

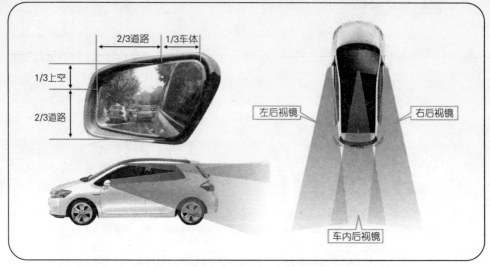

图3-18 车外后视镜视野调整规范及视野范围

（5）佩戴安全带

安全带能有效地保护驾驶员和乘员的安全，避免或减少伤亡。安全带只有在挺直上身，将身体完全坐入席中时才能发挥最大作用。腰部的安全带必须紧贴骨盆部尽量往下系牢，切忌系在柔软的腰部，以防万一出现意外时，受到强烈冲击而发生危险。

佩戴方法

①轻拉锁舌将安全带横过胸前及髋部，检查是否有打结、扭转。

②将锁舌插入锁体内，直到听到它与锁体的啮合声为止。

③腰部的安全带必须紧贴骨盆部，尽量往下系牢，调整肩部的安全带，使其与髋部贴紧。

3.2.3 驾驶装置的操作方法

（1）方向盘操纵方法

① 方向盘握法

位置：左手在9~10点之间，右手在3~4点之间，如图3-19所示。

握法：用食指到小指四个手指和手掌轻松自然地握住方向盘，拇指轻松自然地按住方向盘，如图3-20所示。

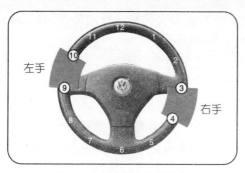

图3-19 握方向盘的位置

图3-20 方向盘的握法

② 方向盘操纵方法

步骤一

左手为主，用力开始转动方向盘；右手为辅，自然握住方向盘，如图3-21（A）所示。

步骤二

左手为止，继续转动方向盘；右手为辅，顺着方向盘旋转方向转动，如图3-21（B）所示。

步骤三

③左手继续转动，当左手转动到3~4点位置时，松开右手。右手松开后握住9~10点位置，这个过程中左手始终不离开方向盘，如图3-21（C）所示。

步骤四

右手为主，继续转动方向盘；左手为辅，随方向盘的转动回到9~10点位置，如图3-21（D）所示。到此为止，是打方向盘一周，如果要继续沿相同的方向转动方向盘，请重复步骤一至步骤四的操作。

步骤五

方向盘回位操作顺序与步骤一至步骤四的操作相反，如图3-21（E）所示。

步骤六

利用车轮的回复力自动回位，如图3-21（F）所示。两手松开方向盘，且架空在方向盘周围。

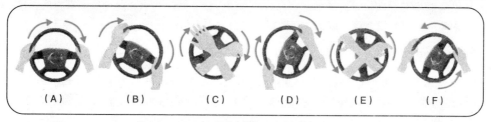

（A）　　　（B）　　　（C）　　　（D）　　　（E）　　　（F）

图3-21 方向盘的操纵方法

方向盘操纵练习最好使用即使处在停车状态也能自由转动的方向盘进行练习，亦可使车辆两前轮离地来进行方向盘操作练习。

（2）换挡杆操作方法

①手动变速器换挡杆操纵方法

变速器操纵杆是变速器的操纵机件。它的作用是控制变速器内各挡齿轮啮合或分离，改变汽车行驶的进、退方向和车速、转矩，在发动机运转的情况下切断动力传递。操作变速器操纵杆应做到快而准，换挡时间尽量缩短，减少变速机构磨损。

常见车型变速器挡位的分布如图3-22所示。

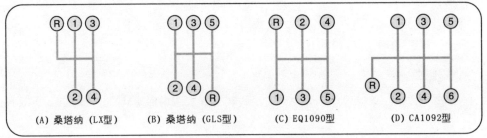

(A) 桑塔纳（LX型）　　(B) 桑塔纳（GLS型）　　(C) EQ1090型　　(D) CA1092型

图3-22　常见车型变速器挡位的分布

握法

操纵变速器杆时，应先正确坐好位置，两眼平视前方，左手握稳方向盘，右手手掌贴住变速杆球头，五指自然握向掌心，常见握法如图3-23所示。

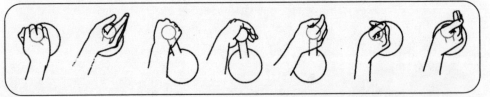

图3-23　常见手动变速器变速杆的握法

运用方法

操纵变速杆时以手腕和肘关节的力量为主，肩关节为辅。换挡时，驾驶员用腕、肘关节的适当力量迅速正确地脱挡或挂入挡位。同时，右脚松开油门踏板、左脚踏下离合器踏板配合换挡。随着推、拉方向的不同，掌心贴球头的方向可以适当变换，接触面可有一定的松滑度，以适应不同挡位用力方向不同的需要，如图3-24所示。

注意事项

◇当起步挂不进挡位时，可再松踏一次离合器踏板，重新再挂挡。在挂不进的情况下不可强拉硬推，若强行挂挡将可能导致齿轮撞击发出噪声，磨损齿轮。

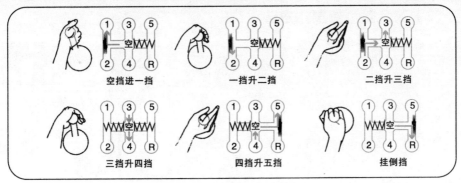

图3-24　换挡时变速杆的握法变化

◇在汽车行驶过程中发生挂不进挡位时，可将变速器杆在空挡略停或适当踩一下油门踏板后再挂。

◇前进挡换倒挡或倒挡换前进挡时，必须在车辆停稳后进行换挡操作。

② 自动变速器换挡杆操作方法

自动变速器换挡杆操作方法如图3-25所示，图中的实箭头表示直接推拉变速杆，空箭头则表示边按变速杆上端的锁止按钮边操纵变速杆。

图3-25　自动变速器换挡杆操作

P挡

停车挡——停车及启动发动机时使用。

R挡

倒车挡——倒车时使用。

N挡

空挡——在该位置时，变速器无动力输出，汽车不能行驶。

D挡

前进挡——也叫驱动挡，在该位置时，车辆可以行驶。有的车辆上，该挡位还分为若干个挡位。

3挡

坡度挡。

2挡

长坡挡。

1挡

陡坡挡。

图3-25中红箭头指示的操作有防止错误操作的功能，所以养成不按锁止按钮的习惯很重要。

自动变速器一般都采用电子控制液压的装置。它是通过控制油液的压力来改变行星齿轮变速机构的接合方式来实现自动变速的，以满足不同运行工况和使用要求。自动变速器汽车在行驶过程中不许推车启动或长距离拖行。

（3）离合器踏板操作方法

① 离合器踏板操作

操纵离合器踏板时，左脚掌踏在踏板上，用膝关节和踝关节的伸屈动作踏下和放松踏板，如图3-26所示。

踩下时，必须迅速到底，抬起时，除空挡位可一次到顶外，其余各挡状态下，均应按照以下三个步骤进行操作。

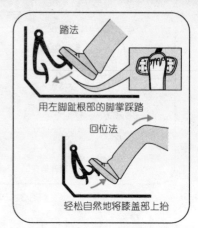

踏法

用左脚趾根部的脚掌踩踏

回位法

轻松自然地将膝盖部上抬

图3-26　离合器踏板操作

步骤一

踩下离合器踏板。用左脚掌部踏实踏板，以膝关节和踝关节伸屈的力量踏下踏板，不可用脚尖、脚心、脚后跟踏离合器踏板，以免操纵无力或滑离踏板。踏下时动作要快，且一次到底。

步骤二

抬起离合器踏板。迅速抬起离合器踏板至半联动位置且保持不动。这是离合器的半联动状态。逐渐抬起离合器踏板。

步骤三

离开踏板。离合器完全结合后，应迅速将脚从踏板上移开，且放于踏板的左下方。不使用离合器时，切忌将脚放于离合器踏板上。

② 半联动的操作方法

半联动是对离合器主动部分和从动部分结合过程中停止相对滑动又传递动力的状态。半联动操作在装配手动变速器汽车的起步过程中会经常用到。

半联动的操作技法

如图3-27所示，结合点往前的①段为空行程，离合器的主动和从动部分完全处于分离状态，发动机无动力传给变速器。在这个阶段加油，发动机转速升得很快，而车速并不提高。在操作过程，当离合器踏板抬至接合点时，驾驶员可以感觉车身震动，也就是在半联动位置。

当踏板抬至②段时（过了接合点），抬起踏板的速度要放缓，让离合器的主动和从动部分缓慢充分地接合。同时，右脚稍稍踩下加速踏板，消除抖动，离合器踏板和油门相互配合，使汽车平稳起步。在此阶段如果抬起踏板的速度太快，会造成汽车前冲或熄火；如果在该阶段停留的时间太长，会造

成汽车提速过慢，浪费油料，增加离合
器片的磨损。

离合器完全结合后，进入最后一行
程③段，是离合器踏板的自由行程。该
阶段内离合器主、从动部分完全结合。
这个阶段应迅速抬起离合器踏板。

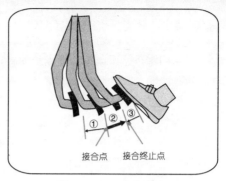

接合点　接合终止点

图3-27　半联动操作

半联动的非正常用法

汽车正常行驶时，不允许使用离合器半联动，但在某些特殊情况下又不得不使
用，如：堵车时的低速跟车、复杂道路上的速度控制等。

（4）制动踏板操纵方法

制动踏板用于控制车轮制动器作用在车轮上的制动力的大小，使汽车减
速或停车。

汽车制动器一般分为液压制动和气压制动。

① 液压式制动踏板操作

轿车和部分小型货车的制动系是液压式的。它的制动踏板采用吊悬式，
操作时，以右脚掌的前部踩制动踏板，以膝关节的伸屈动作踩下或松开。一
般地，踩踏板应先轻后重，缓踏快松，以达到平稳减速、停车的目的。遇危
险时，根据具体情况作紧急制动。

注意　　　操作过程中，脚位必须正确，否则不便于调节压力大小和容易滑
脱踏板，造成危险。

② 气压式制动踏板操作

大型车辆和部分小型货车采用气压式制动系统。踩踏气压式制动系统制
动踏板时，以右脚跟抵住踏板轴并作为支撑，脚掌用力踩下或松开。

无论是液压式还是气压式制动，其制动踏板的动作与车轮制动器的动作都不
是同步的。在踩踏板的开始阶段，车轮制动器并不发生作用，开始时有一段是制
动踏板的自由行程。经过自由行程时的操作，应一踏而过，使车辆进入制动状
态。根据行车速度和跟车距离进行制动力控制。

（5）油门踏板操纵方法

油门踏板是用以控制发动机的转速的，踩下加速踏板，发动机转速提高，慢抬加速踏板或离开加速踏板时发动机转速就会减慢。

操纵加速踏板时，将右脚掌前部踏在加速踏板上，以后脚跟为支点，用踝关节伸屈的力量踏下或抬起，如图3-28所示。踏下或抬起的动作要柔和，做到轻踏慢抬。

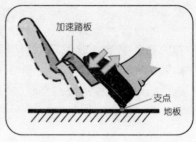

图3-28 油门踏板操作

在行驶过程中，加速踏板常与离合器踏板配合使用。因此，它们在配合时，必须做到节奏有序，协调一致，即左脚下，右脚上；左脚上，右脚下。在速度上也要配合一致。

（6）手制动杆操纵方法

拉紧手制动

四指并拢，大拇指虚按在杆顶的按钮上将杆向后（上）尽量拉紧，见图3-29（A），拉上手制动后仪表盘上的警告灯亮起。手制动必须拉紧，否则会出现溜车现象。

松开手制动

先将杆向后(上)拉，同时用拇指按下按钮，见图3-29（B），将杆向前（下）推到底。手制动松开，警告灯熄灭。

（A）拉紧　　　　　　　　　　（B）松开

图3-29 手制动操作

注意 在遇到危险时，手制动可以和脚制动一起使用，增加制动的效果，避免事故的发生。

3.3　对汽车的整体感觉

3.3.1　对静态汽车的感觉

（1）静态汽车的感觉

汽车停放在平坦路面上摆正后，驾驶员坐在驾驶位上对车体各部分与路面间的相对位置的视觉感觉称为静态感觉。准确把握汽车整体的静态感觉，驾驶员才好准确判断车轮的行驶轨迹和车体在路面上的位置。

一般地，驾驶人视线通过车头前部中间位置延伸到地面的交汇点就是右侧车轮的运行轨迹（见图3-30）；同理，驾驶员视线通过车头前部距离车体左侧边线15~20厘米的位置延伸到地面的交汇点就是左侧车轮的运行轨迹（见图3-30）。所以，驾驶员通过这两个位置就判断车轮的运行轨迹。

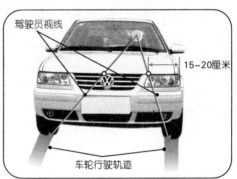

图 3-30　对车体的感觉

座位的前后、高低和车型的差异对驾驶员对车体的感觉也会有所差别。

（2）车内视线盲区

所谓盲区就是驾驶员坐在驾驶位上看不到的区域，如图3-31所示。盲区是由于驾驶员在车内，视线受到车体的阻挡而形成的，它是一个空间立体范围，也就是驾驶员的视线通过车窗延伸到地面所形成的封闭立体空间。盲区内的物体及路面驾驶员无法看不到，因此，在驾驶过程中必须小心谨慎。

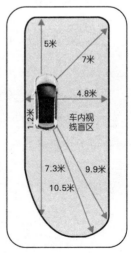

图 3-31　车内视线盲区

总之，正确了解和掌握驾驶员视线盲区的特点，对于汽车的安全驾驶有十分重要意义，它能够有效地避免事故的发生。

3.3.2 对动态汽车的感觉

（1）车外轮差的感觉

汽车在曲线行驶时，同侧车轮的运行轨迹是不一致的。也就是说，后轮运行轨迹总是偏离于前轮运行轨迹。汽车转弯时，前后车轮运行轨迹具有以下特点。

特点一

同一侧的后轮转弯半径小于该侧的前轮转弯半径，也就是同一侧的前轮运行轨迹在弯道外侧，该侧后轮运行轨迹在弯道内侧，如图3-32所示。具体来说，右转时，同一侧的后轮运行轨迹位于该侧前轮运行轨迹的右侧；左转时，同一侧的后轮运行轨迹位于该侧前轮运行轨迹的左侧。

特点二

汽车曲线行驶的弯度越大，同一侧后轮运行轨迹偏离该侧前轮运行轨迹也越远，反之，汽车行驶的弯度越小，同一侧后轮运行轨迹偏离该侧前轮运行轨迹也越近。同侧前后轮运动轨迹的距离我们称之为轮差，如图3-32所示。

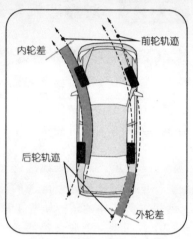

图 3-32 汽车转弯时的轨迹

特点三

轮差的大小也与汽车轴距有关，轴距越大，轮差就越大；反之亦然，轴距越小，轮差就越小。弯道内侧前后车轮的轮差称为内轮差，弯道外侧前后车轮的轮差称为外轮差。

因为汽车曲线行驶过程中轮差的存在，所以驾驶员在驾驶汽车时，既要防止内后轮掉沟或碰及障碍物，又要防止外前轮越出路外或碰及障碍物，也就是要有预见性。

（2）车轮在行进中的位置

驾驶员在驾驶汽车时，需要判断和确认车轮在路面的位置。因为驾驶员坐在驾驶位上视野受到限制，在初学时很难准确判断汽车车轮在路面的位置。为了能够使驾驶员能够准确判断车轮的纵向和横向位置，通常利用车身上的某些部位加以参照点，例如发动机舱盖前端的中心点、车窗底边等。

（3）车速的感觉

汽车在前行时，汽车周围物体及路面相对于汽车向后运动，如果驾驶员很容易看清路面及物体，说明车速低；如果驾驶员很难看清路面及物体，说明车速高。总的来说，车速越高，驾驶员就越难看清路面及周围的物体，如图3-33所示。

高速时　　　　　　　低速时

图3-33　车速感觉

（4）汽车行驶过程中的视觉变化

① 视力变化

　　所谓视力，是指眼睛能够看清物体的能力，换而言之就是看物体是否清晰。视力一般分为静视力和动视力，它是按人与视标的相对运动关系来划分的。静视力是指人和视标处于相对不动状态下的视力，例如汽车静止时，驾驶员看路面就是静视力；动视力是指人和视标处于相对运动状态下的视力，例如汽车行驶时，驾驶员看路面就是动视力。

　　根据日常生活中的一些经历和感受，人在相对运动的状态下的视力要比相对静止状态下的视力要低，而且视力随着相对运动速度的提高而降低。研究表明，驾驶员的动视力随着车速的提高而降低。也就是驾驶员对周围环境与行人的分辨能力越低，越容易引发交通事故。所以，驾驶员须要根据自己的视力合理控制车速，保证行车安全。

② 视野变化

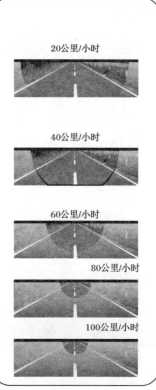

20公里/小时

40公里/小时

60公里/小时

80公里/小时

100公里/小时

图3-34　行进中视野变化

　　驾驶员在相对静止时可以看清前方130°范围内的人或物体，称之为静视野。随着车速的提高，驾驶员的清晰视野范围会变得越来越小，如图3-34所示。研究表明，车速为40公里/小时时，驾驶员的清晰视野约为100°；车速为60公里/小时时，清晰视野约为65°；车速为80公里/小时时，清晰视野约为40°；车速为100公里/小时时，清晰视野会降低至10°～15°。

3.4 基础驾驶

3.4 基础驾驶

3.4.1 发动机启动、熄火

（1）启动发动机

在启动发动机前应检查手制动是否拉紧；晃动变速杆，看是否在空挡，若在挡位上应拨入空挡；踏下离合器踏板。

插入车钥匙，并旋动（见图3-35），接通点火装置及电器，将点火钥匙旋至"START"（启动）位置，听到发动机启动声音后立即松开车钥匙。同时，右脚轻轻踩下油门踏板使发动机运转顺利为止。

⚠️ **注意** 每次启动时，车钥匙在START（启动）位置不得超过5秒，再次启动时应间隔15秒以上。

（2）发动机熄火

要将正在运转的发动机关闭，只需将车钥匙旋至关闭位置即可，也可拔出车钥匙。为了安全起见，在熄火前应检查手制动是否拉紧。

图3-35 旋动车钥匙

3.4.2 车辆起步

（1）车辆起步要求

车辆起步的要求可以用八个字来概括：迅速、准确、利落、平稳。

要求一

起步迅速平稳而无冲闯、抖动，无发动机高速空转和熄火现象。

要求二

操作时，松抬离合器踏板要做到"快停慢"，离合器踏板、油门踏板、手刹车三者配合要协调，动作干净利索。

（2）平坦路面起步

上车前先观察车辆周围的情况，按规范动作进入驾驶室，调整好正确的驾驶姿势，启动发动机。正确、完整的起步步骤如下（如图3-36所示）：

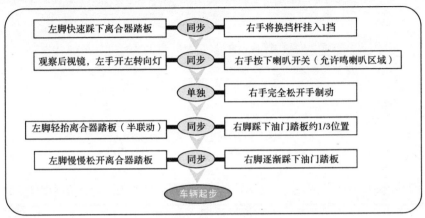

图3-36 平坦路面起步

步骤一

左脚迅速踩下离合器踏板，右手将变速杆挂入1挡。

步骤二

观察后视镜，开左转向灯，按喇叭（禁鸣地区除外）。

步骤三

右手松开手制动。

步骤四

左脚抬离合器踏板至"半联动"（车身发抖、发动机声音变小）位置时暂停一会，同时右脚慢跟油门，让离合器接合更平稳。

步骤五

当汽车平稳行走之后，再慢慢抬离合器踏板到顶，并且把左脚放在离合器踏板左下方，起步操作完成。

（3）坡道起步

上车前先观察车辆周围的情况，按规范动作进入驾驶室，调整好正确的驾驶姿势，启动发动机。正确、完整的起步步骤如下（如图3-37所示）：

步骤一

左脚迅速踩下离合器踏板，右手将变速杆挂入1挡。

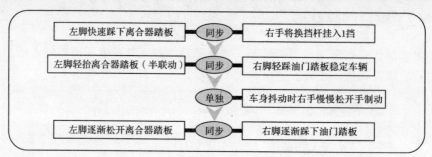

图 3-37　坡道起步

步骤二

右手上提手制动拉杆并按下棘爪按钮，等候放松时机。

步骤三

左脚抬离合器踏板至"半联动"位置停住，右脚跟油门（跟油大小应根据坡度大小而定，坡陡跟油大些，坡缓跟油小些）。

步骤四

等到发动机声音变小、车身抖动时，松开手制动。

步骤五

手制动放松之后左脚慢抬离合器踏板，右脚缓踩加油。

3.4.3　车速控制

（1）车辆加挡

汽车加速操作又俗称"跟油"，是汽车运行过程中各种操作动作与行驶状态的衔接和过渡。因此，汽车加速操作应根据道路交通状况和汽车本身的动力情况，以尽量缩短加速距离，减少加速时间为原则。要求做到：来得快，跟得上，随要随来，要多少来多少。

在操作时，应随着车速的增加而逐步减缓油门踏板的踩下速度。也就是，低速时，加速要急，踏板踏下的速度要快，并非一下将油门踏板踩到底；高速时，加速适当放缓，油门踏板踩下的速度相对慢一些。

汽车起步后，只要道路条件和车辆动力状况允许，就应尽快地由低速换入高速挡。加挡前必须提高发动机转速，这是加挡前提。

① 平坦路面升挡操作

平坦路面升挡操作如图3-38所示。

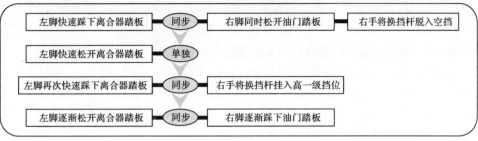

图3-38 逐级升挡操作

动作一

冲车之后迅速收油(指抬起油门踏板)。

动作二

左脚迅速踩下离合器踏板到底。

动作三

右手将变速杆摘至空挡位置。

以上三个动作同时进行。

动作四

左脚迅速抬起离合器踏板。

动作五

左脚再次踏下离合器踏板,同时右手将变速杆挂入高一级挡位。

动作六

左脚逐渐抬起离合器踏板,同时右脚逐渐跟油继续冲车,加挡操作完成。

② 加挡时机

当车速达到适合换入高一级挡位的时机时,即换入高一级挡位,照此依次换入最高级挡位。

理论的最佳加挡时机(见图3-39):挂一挡起步;当速度达到5~15公里/小时时,可挂入二挡;当速度达到25~35公里/小时时,可挂入三挡;当速度达到35~45公里/小时时,可挂入四挡;当速度达到50~60公里/小时时,可挂入五挡。

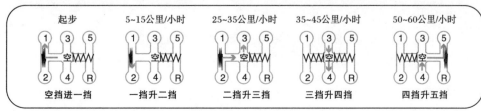

图3-39 加挡时机

　　在实际运作过程中，通常不看车速表，而是靠听发动机的声音和看汽车的速度来掌握适当的加挡时机。一般情况下，应尽量缩短冲车时间，加快换挡动作的操作过程。加挡的时机以加挡后汽车无拖挡现象为原则。

　　在冲车时，如果感觉到汽车的速度能够随着发动机的声音变大而逐渐加快时，即可以进行加挡。加挡后，稍加油门，汽车无动力不足及传动系无抖动现象（即拖挡），说明加挡时机适当。如果加挡后，发动机声音低沉且转速下降或传动系统抖动则说明加挡时机过早。

（2）车辆降挡

① 逐级降挡

逐级降挡操作如图3-40所示。

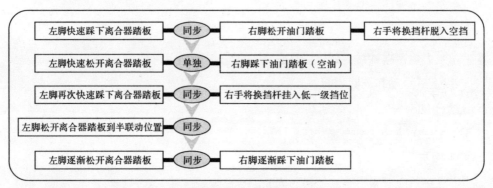

图3-40　逐级降挡操作

动作一

　　行驶中，遇有情况减速后或上坡稍感动力不足时收油(指抬起油门踏板)。

动作二

　　左脚迅速踩下离合器踏板。

动作三

　　右手将变速杆摘至空挡并将变速杆靠在下一级挡位的前面。

　　以上三个动作同时进行，并注意三者配合一致。

动作四

　　左脚迅速抬起离合器踏板，同时右脚轰一脚"空油"。"空油"的大小应根据车速的快慢而定。一般地，车速快时，轰油要大些；车速慢时，轰油要小些。

动作五

　　左脚再次踏下离合器踏板，同时右手将变速杆挂入低一级挡位。

动作六

左脚稍快抬起离合器踏板，同时右脚逐渐跟油，减挡动作完成。

② 降挡时机

汽车在行驶中，如果遇到需要降速通过的路段（如转弯凹凸路等）以及阻力较大的道路（如上坡、泥泞路等）时，应进行减挡。减挡的时机一般可分为两种。

第一种　以控制车速为目的

这种减挡通常是根据道路和交通状况，确定通过车速，然后制动降低车速，选择适当的挡位减挡。

第二种　以提高汽车的动力为目的

在上一级挡位发动机的动力不足，不但不能提高车速而且车速逐渐降低，原来挡位将要出现拖挡而不能持续行驶时，为了车辆可以继续行驶而进行的减挡。

减挡的时机应选择在，高挡位将要出现而未出现拖挡现象时，减挡后车辆仍能保持稳速行驶或加速行驶。

若减挡前出现了拖挡现象，说明减挡过晚；若减挡后仍然出现拖挡现象，则说明减挡太晚或减挡位选择过高；若减后车速被发动机强行拉低（也就是出现后坐现象），则说明减挡过早或减挡位选择过低。

总之，减挡时机的把握应以现行车速为依据，以稍高于所减挡位最低拖挡车速为原则。

（3）油门踏板控制车速

油门踏板调节车速是常用的车速控制方法，它操作简单易行而在驾驶过程中被广泛使用。它的调节范围在每级挡位的最低车速和最高车速之间，需要一定的预见性。

① 需要加速时

右脚匀速踩下油门踏板，待车速达到所需要的车速时，适度放松油门踏板且保持不动，停止加油保持车速。注意踩油门时不要一下踏到底，使车速迅速提高。

② 需要减速时

右脚匀速松开油门踏板到合适的位置且保持不动，这是利用发动机的牵阻作用来降低车速。若减速幅度较大时，可以完全放松油门踏板，待车速降低到所需的车速时，再适度踏下油门踏板，停止发动机的牵阻作用而保持车速。

注意 由于利用发动机的牵引作用降低车速时降速缓慢。因此，在运作中，必须尽量控制有足够的预见性，只要牢牢把握开始减速、最低车速、开始加速的准确时机，就能够实现车辆稳中调速的目的。

（4）制动踏板控制车速

车辆在行驶过程中，有时需要在短时间内把车速降下来，而发动机的牵阻作用减速的时间又太长。因此，踩下制动踏板可以实现快速减速的目的。

此处所说的制动踏板调节车速不是为了停车和减挡，只是在于达到迅速降低行驶车速的目的。所以，在操作时，要很好地把握踩下制动踏板的度，不可踩得过急、踩得过多。

当车速降低到所想要的车速后，右脚要快速松开制动踏板，停止减速，同时右脚移到油门踏板上适度跟油保持车速。

油门踏板控制车速的原则是不拖挡，否则得进行降挡。

与油门踏板调节车速一样，制动踏板调节车速也需要预见性，做到提前控制，制动适度，使汽车平稳减速，增强汽车行驶的平稳性。

3.4.4 汽车行驶线路（方向）控制

（1）直线行驶

汽车直线行驶时，方向盘保持在正中位置，即方向盘无偏转。汽车直线行驶时，方向盘的活动量都很小，无特殊需要，方向盘宜多在方向盘的自由行程内转动，少动实量。

直线行驶的几种操作方法：

① 参照前方与两旁

驾驶员要操纵汽车直线行驶时，选定好路肩或路面标志线等作为参照物保持直线行驶。车辆走偏时，应及时修正方向，同时也要注意路面情况。

② 高速看远，低速顾近

汽车在不同的速度下，驾驶员在直线驾驶时根据车速的状态来选择观察视野范围。选择观察视野范围的原则是高速看远、低速看近，余光随时注意汽车周围情况。

③ 左主右辅

当汽车出现走偏时，驾驶员调整方向盘的原则是左手为主，右手为辅，推拉配合。

（2）弯路行驶

汽车转弯时，要做到平顺、安全。汽车应根据路幅宽度、车速、弯道缓急等条件及汽车在道路上的位置，来确定转向的时机和行驶速度。

① 转弯时方向盘的操作

转弯时，应根据道路特点，选择合适的行驶路线。转弯时，操纵方向盘，要做到一手拉动，一手推送，相互配合，快慢适中。一般地，通过较缓的弯道应早转慢打，少打少回，慢打慢回；通过较急弯则要快速转动转向盘，必要时用"交叉法"，两手交替操作；当车头将要接近新的行驶方向时，及时回正方向盘。

② 转弯的速度控制

转弯速度应根据自己车速的快慢和弯道角度的大小而定，提前估计减速的距离。在接近弯道前一段距离，先右脚抬起加速踏板，利用发动机制动作用进行减速；当接近弯路时，若车速偏高，可适当踩下制动踏板，以确保汽车在进入弯道时减至合适的车速；当完全转过弯，车身回正后，及时跟油，加速前进。

③ 转弯操纵要领

在通过弯路时，一般采用的慢进快出方法（如图3-41所示），操作方法如下：

动作一

提前松开油门，利用发动机制动。

动作二

进入弯路前确定制动点，在到达制动点时，踩刹车充分减速。

动作三

车速降低后，操作方向盘，控制车辆沿着弯道的内侧行驶。

动作四

当转弯到70%左右时，将方向盘还原，车身回正后开始加速。

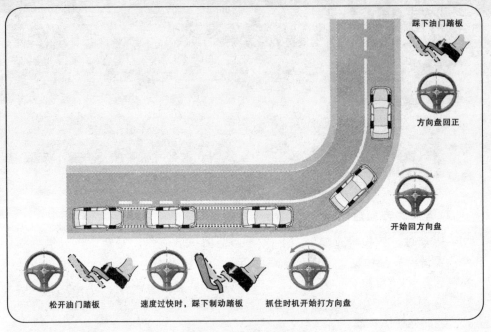

踏下油门踏板

方向盘回正

开始回方向盘

松开油门踏板　　　速度过快时，踩下制动踏板　　　抓住时机开始打方向盘

图3-41 弯路行驶操作

④转弯注意事项

●在转弯过程中若遇到视线不良，无法看清道路前方情况时，应做到"减速、鸣笛或闪烁大灯、靠右行驶"。根据弯道实际情况来操作，并做好随时减速或停车的准备。

●转弯时，车速要慢，不得高于限速，以免因离心力过大造成汽车侧滑或侧翻。

●转弯时，转动方向盘不能过急、过快，做到转向平稳。

●汽车转弯时，应尽量不制动，特别是紧急制动。

（3）变道（线）行驶

路线变更是指车辆在行驶过程中向左或向右变更行驶路线的操作。它属于较常危险的操作，因此要十分注意。

在交叉路口进行左、右转弯时，或者超车以及躲避障碍物时，都要进行路线变更。为了保证安全，一定要严格按照发示意信号、安全确认等步骤正确地操作。

　　为了安全起见，在变道（线）之前必须进行安全确认。但是，很多人都不太重视，仅仅是在形式上完成了，并没有真正准确把握住瞬间的充分观察时机。因此，在开始学驾驶时就要养成良好的变道（线）提前观察的好习惯。

　　变道（线）行驶操作方法如图3-42所示。

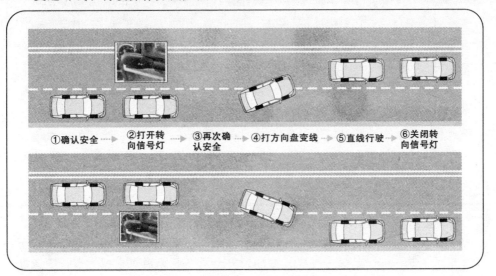

　　①确认安全　→　②打开转　　　→　③再次确　　→　④打方向盘变线　→　⑤直线行驶　→　⑥关闭转
　　　　　　　　　向信号灯　　　　　认安全　　　　　　　　　　　　　　　　　　　　　　　向信号灯

图3-42　变道（线）行驶操作

①向左进行路线变更时安全确认

● 通过车内后视镜观察后方情况。

● 通过左侧车外后视镜观察左后方情况。

● 用眼直接观察左侧情况。

②向右进行路线变更时安全确认

● 通过后视镜观察后方情况。

● 通过右侧车外后视镜观察右后方情况。

● 用眼直接观察右侧情况。

（4）跟车

　　跟车距离主要包括纵向跟车距离和横向跟车距离，如图3-43所示。为了避免车辆碰撞事故的发生，驾驶员要根据道路状况控制好跟车距离。跟车间距过大，会使道路车流量下降，严重时会阻塞交通，影响车辆的正常行驶；车间距离过小，则容易发生车辆碰撞事故。因此，在行车中，保持安全的车间距离十分必要。

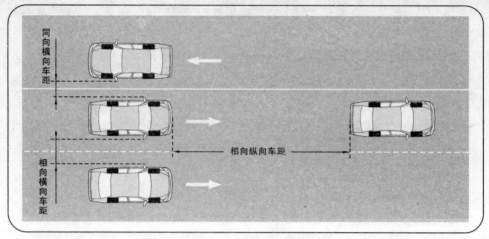

图 3-43　跟车距离操作

① 纵向跟车间距

同向行驶的前后相邻的两车之间的距离称为纵向跟车间距。

安全的车间距离应能保证在任何情况下，都有充足的时间让驾驶员将所驾车辆在前车停止前停下来。一般的，安全的车间距离可根据汽车行驶速度的公里数来估算，如当车辆行驶速度为40公里/小时时，前后两车间距应不小于40米。但是，汽车的停车距离是与路面条件有关的，道路条件变差，车间距离也应相对增大。

停车距离与车间距离因道路条件的不同而有所不同。车辆行驶在下雨、坡道、砂石路、夜间等路面时，安全距离不小于平时的1.5倍；车辆行驶在积雪、结冰路面时，安全距离不小于平时的3倍。

② 横向跟车间距

在道路上并列行驶的车辆之间的距离称为横向跟车间距。

横向跟车间距与车速、交会对象有关。一般的，同向行驶的车辆之间的横向距相对要大，相向行驶的车辆之间的横向距离相对要小。通常，当车速为40~50公里/小时时，同向行驶的车辆之间横向距离应控制在1.2~1.5米左右；相向行驶的车辆之间的横向距离应控制在1~1.4米左右；与行人和非机动车之间的横向距离需相应增大。

（5）超车

超车是指车辆超越前方同向行驶的车辆。超车选择道路宽直、视线良好、路两侧均无障碍的地方，并在交通法规所允许的情况下进行。

超车的操作方法如图3-44所示。

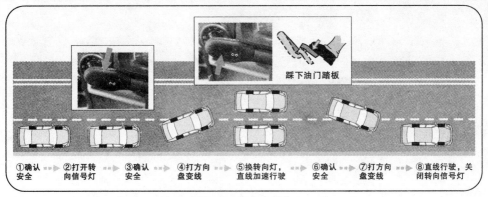

图 3-44 超车操作

①确认　②打开转　③确认　④打方向　⑤换转向灯，　⑥确认　⑦打方向　⑧直线行驶，关
安全　向信号灯　安全　盘变线　直线加速行驶　安全　盘变线　闭转向信号灯

踩下油门踏板

超车前，先要观察前方道路是否符合超越的条件，在确认条件允许和安全的情况下，打左转向灯，跟随前车，在离被超车20~30米处鸣喇叭（禁止喇叭区域除外），或者使用远、近光灯示意，待前车减速让路后，再次确认安全。在确定安全的情况下，从左侧超越。超越后打右转向灯，在不妨碍被超车正常行驶的情况下，再驶回原来行驶路线。

（6）让车

在驾驶车辆过程中，驾驶员应随时注意后方有无其他车辆尾随。如果发现后方车辆示意超越时，在条件允许的情况下，应尽快减速靠右避让，尽可能地缩短超车距离和超车时间，这对保证行车安全是非常有好处的。

① 让车操作

步骤一：前方安全状况的确认

如果在以下情况下可以让后车超越：

● 非禁止超车的场合；
● 让超车距离内的道路右侧无任何障碍；
● 在让超车距离内交通情况的变化；
● 没有迫使我方车向左变更行进方向的可能；
● 没有迫使超车在超越后突然向右侧挤靠的可能。

步骤二：变更行进路线

向右侧变更行进路线，且保持直线行驶

步骤三：减速，保持安全的距离

迅速降低行驶车速，不得随意加速。同时，注意保持与超车车辆不小于1米的横向距离，且做好防止超车在超越后突然向右挤靠的防范措施。待后车超越后，驾驶员应迅速调整好与超车间的安全车距。

步骤四：前、后方安全状况的确认

前方车无降低车速的可能，后方无跟随超越的车辆，左侧道路、交通状况无任何障碍。

步骤五：驶入正常路线

前方车无降低车速的可能，后方无跟随超越的车辆，左侧道路、交通状况无任何障碍。

② 让车注意事项

● 让车必须让路、让速。让超车后，务必确认后方无其他车辆跟随超越后，再驶回正常行驶路线。特别注意防止超车时因前方情况变化，而在超越后突然向右侧变向。

● 让车过程中，不得进行任何形式的超越，而突然向左侧变更行进路线。若遇到有突然情况，只能制动减速或停车，待后车超越后再绕行。

（7）会车

两车交会，应做到礼让三先，即先让、先慢、先停，靠右通过。在复杂恶劣条件下，更应提高警惕，降低车速，防止发生汽车碰擦和侧翻的事故。

① 会车操作

会车前的安全确认：对方无超越其前方障碍的企图；道路幅宽可满足两车交会时的车间安全距离；交会中，后方无车辆超越；道路右侧无任何障碍。

选择交会地段

路面宽度可满足两车交会时保持安全的横向距离；交会中没有要超越任何障碍；道路右侧无并行的车辆；超越后交会的道路、交通条件，应保证在交会中无需制动降速。

控制车速

根据道路条件和交会时的车间距离，驾驶员将车速调整至可控制的安全速度。

变更行进路线

向右侧变更行进路线，且保持直线行驶。

保持横向车间距离

交会过程中，两车的横向车间距离不得小于1米。阴天、雨天、雾天或黄昏等视线不佳的情况下还应适当加大。

交会车后的安全状况确认

交会车，观察车辆周围无横行车辆或行人。前方无接连交会的车辆。具备向左侧变更行进路线的条件。

驶入正常路线

向道路中间变更行进路线，加速行驶。

② 让车注意事项

● 会车时，严格遵守车辆让行的交通法规，切勿争道抢行。

● 遇有障碍物只能单车通行时，应按右侧通行的规定，让前方无障碍的车辆先行。

● 车辆交会后，要密切注意本车辆周围有无横行的车辆或行人，以免发生事故。

（8）倒车

汽车倒车是指通过驾驶员的操作，汽车由静止状态后行驶的过程。倒车时，车尾运动趋势与方向盘操作的关系：向左打方向盘时，车尾的运动趋势向左；向右打方向盘时，车尾的运动趋势向右；方向盘为正中位置时，整个车身的运动趋势是向后直行。

倒车行驶时，由于受视线的限制，看不清车后的道路状况和转向位置的变化，所以，在倒车时掌控车辆要更困难，不像汽车前进时的转向方便、灵活、准确。

倒车的操作方法如下：

① 倒车的驾驶姿势

根据汽车的轮廓和装载的宽度、高度及路况等，在倒车时，应首先观察车后和车下的情况，一般采用观察后窗、观察汽车侧方和观察后视镜这三种方法。具体操作（左驾驶）如下：

观察后窗

如图3-45所示，驾驶员左手握方向盘上端，身体上身向右倾斜坐，右臂扶在副驾驶座靠背上，头向后转，两眼透过车窗观察车后情况。

观察侧方

　　如图3-46所示，驾驶员右手握方向盘的上端，左手扶车门，上身左倾斜，头伸出驾驶室且向后，两眼观察车体侧下方。

图 3-45　透过后窗观察

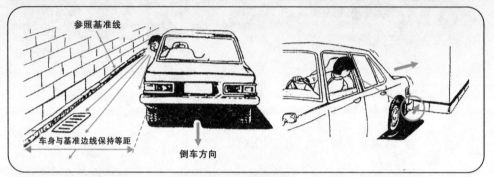

图 3-46　跟车距离

观察后视镜

　　驾驶员双手扶住方向盘，双眼交替观察车内后视镜和车外后视镜，以判断车身的位置。

② 选择倒车参照点

　　选择倒车目标时，要有最少两个以上的参照点，且一个是相对地面的运动参照点（在车辆上选择），另一个是相对地面静止的参照点（在场地、或建筑物上选）。

观察后窗选择参照点

　　透过后窗，以车厢后两角或车厢尾部为参照点。从场地建筑物中再选定不少于一个参照点，接着根据所选的参照点进行倒车。

观察侧方选择参照点

　　可以车厢角、后轮或后保险杠为车上参照点。从场地建筑物中再选定不少于一个参照点，接着根据所选的参照点进行倒车。

观察后视镜选择参照点

　　观察车内后视镜时，以车厢后两角或车厢尾部为参照点，从场地建筑物中再选定不少于一个参照点，如图3-47所示；观察车外后视镜时，可以车身尾部为车上参照点，从场地建筑物中再选定不少于一个参照点，如图3-47所示。最后根据所选的参照点进行倒车。

倒车时，也可以同时综合运用上述三种观察法，保证倒车的准确性。若有第二人在场时，亦可通过第二个人在汽车的侧后方指挥，通过与指挥人员相互密切配合顺利倒车。

图3-47 后视镜观察

③ 倒车操作

倒车时，应先打开转向信号灯、鸣喇叭（非禁止鸣喇叭地段），眼睛观察四周情况，选定倒车目标位置。要确切把握了解四周情况，应下车察看，且注意有无来车。选定好倒车目标位置后，在汽车停止状态下挂入倒挡，可根据具体需要选择合适的倒车驾驶姿势进行倒车操作。倒车时，驾驶员要注意车后情况。

倒直线

保持两前轮的方向在正中，方向盘的操作与汽车直线前进一样。倒车时，若车尾向左（或右）偏，应立即将方向盘向右（或左）转动，待车尾摆正后将方向盘回正。

倒弯

倒弯就是倒车转弯。倒弯时的操作方法是"慢行车，快转向"。倒弯时，前轮外侧车轮的圆弧半径大于后轮圆弧半径。所以，在倒弯过程中要十分注意车前外侧的车身，以避免与障碍物发生刮碰。同时也要顾及整车的动向，放慢速度，一般控制在5公里/小时以内为宜。在倒车时，可能受到地形或方向盘的转向角所限制，须反复前进或后倒时，应在每次后倒或前进接近停车前的短时间内，迅速利用车辆的移动回打方向盘，为下一次前移或后倒作准备。驾驶员不应在汽车静止后用力打方向盘，否则可能损坏汽车的转向系统。

（9）掉头

掉头是让汽车向相反的方向行驶。掌握正确的掉头方法可以有效地缩短掉头的时间，减少对其他车辆行驶的影响。汽车掉头必须严格遵守交通法规。掉头前必须认真观察周围情况，确认无来往车辆或不存在其他障碍物时，才可掉头。

① 掉头时机的选择

选择合理的掉头时机有利于提高行驶效率，减少交通阻碍，保证行驶安全。一般选择掉头时机由以下几个因素来定。

路面选择

尽可能选择宽阔平整的路面，这样可以提高一次掉头通过的可能性；如果在窄路上掉头，尽可能借助路面较宽的路口或找路基较宽、较实的路面。

时间选择

掉头时要充分观察交通情况，等待无车通过或车流量较少的时段，抓紧时间，完成掉头。

注意掉头的禁区

在城市道路行驶时，不可在设有禁止掉头标志的路段掉头；在其他路段上行驶时，不能在铁道口、人行横道、弯路、桥梁、陡坡、隧道或容易发生危险的路段掉头。

② 宽路掉头

如果交通条件允许，尽可能选择在路面较宽的路段掉头，既方便、迅速，又能保证安全，也不影响交通。

宽路掉头操作

当汽车行驶到距离掉头地点适当距离处时，降低车速，换入合适的挡位（一般是低速挡），让车辆靠道路右侧行驶，打开左转向灯，同时注意观察前后交通情况，到达合适的掉头地点，确认安全情况后，迅速向左转动方向盘，一次性顺利完成掉头。

③ 窄路掉头

在实际驾驶中，不可能每条道路的路面都很宽阔，很多道路的路面是比较小的。在路面较窄小的路段掉头时难度也会较大。窄路掉头，很难一次就完成，需要进行两次或多次后倒才能完成。窄路掉头操作方法如下：

步骤一

汽车驶近掉头地点，提前降低车速，换入低速挡，靠道路右侧行驶，开起左转向灯，同时注意观察交通情况。当汽车到达预定掉头地点后，快速向左打方向盘，当前轮接近路边或车头接近障碍物时，快速向右回方向并停车。

步骤二

后倒时，务必先看清车后的情况，必要时可下车观察，然后鸣喇叭起步。起步后迅速向右打方向盘，待后轮将要接近路边或车尾接近障碍物时，迅速向左回方向盘并停车。经过一次后倒后，如果可以顺利完成掉头，车辆起步后迅速向左转动方向盘，完成掉头。

如果经过一次后倒不能完成掉头，可按上述方法进行多次操作。在前进、后倒过程中，尽量多前进、少后倒。

注意 在危险地点掉头时，车头应朝危险的一边，以保证安全；每次停车后要拉紧手制动，防止汽车前后溜动。

3.4.5 停车

（1）定点停车

定点停车适用于所有的停车，具有普遍的意义，它也是考试项目之一。定点停车的目的在于将方向盘的运用、离合器的运用、制动的运用加以综合操作，融会贯通。通过定点停车练习可以提高驾驶员的目测能力和正确估计判断能力，提高对车速感、车体感的判断力，可达到稳、准、正的停车。

（2）定点停车操作

定点停车的基本原则是：先制动，后转向；靠右边，行直线；缓慢停，防出线。

①"三把方向"靠边

当汽车行驶至接近停车点（标志杆）50米左右时，打开右转向灯，观察确认安全后开始向右打方向(即为第一把方向)，让汽车靠右行驶。

当汽车前部中央位置（驾驶员选择的参照点）与右侧道路的边缘线（路肩）成一条直线时，开始向左回轮，将车身摆正（第二把方向）。

待车身即要回正时，再向右回正方向盘（第三把方向），使车身与道路平行后，直线行驶。

② "轻——重——轻" 制动停车

在距离停车点100米左右开始轻踩制动减速，并注意观察右侧道路情况，确认安全后开始向右靠边。

汽车靠右直线行驶后，踩制动踏板的力由轻到重，将应车速逐渐降低至20公里/小时。

当汽车前部到达停车点（标志杆）时，应先稍抬制动踏板再轻轻踏下，平稳停住汽车。

3.4.6 夜间行驶

（1）夜间行车的特点

特点一

照明条件差，驾驶员能见度和视力降低，观察交通情况比白天困难。

特点二

由于夜间灯光变化，引起炫目，影响视力，驾驶人容易产生错觉，车辆两侧的情况不易识别，加之交通环境单调，容易产生疲劳。

特点三

人的正常睡眠时间是在晚上，所以夜晚开车容易犯困。

（2）对道路情况的判断识别

① 通过发动机声音判断识别路况

当油门未动，而发动机声音变得沉闷、车速自动降低时，表明上坡或路面松软阻力较大。反之，当油门未动，而发动机声音变得轻松、车速自动加快时，则表明下坡或路面阻力减小。

② 通过汽车灯光判断识别路况

汽车前照灯灯光照射距离由远变近，说明汽车驶近或驶入上坡道、驶近急弯或将要到达起伏坡路的谷底。

汽车前照灯灯光照射距离由近变远，说明汽车所上坡度变缓，或由弯道驶入直线。

汽车前照灯灯光离开路面，说明道路前方可能出现急弯，或正驶上坡顶。

汽车前照灯灯光由路中移向路侧，说明前方是弯道，转变方向与灯光所照路侧方向相反。

汽车前照灯灯光照在路面上有黑影，说明路面凸凹不平。

③ 通过路面颜色识别路况

有月光路面为灰白色，积水地方为白色。

无月光路面为深灰色，路外为黑色。

雨后路面为灰黑色，坑洼、泥泞处为黑色，积水处为白色。

雪后路面为白色，车辙为灰白色或灰黑色。

（3）夜间驾驶注意事项

① 出车前要认真检查照明设备。

② 进入黄昏时间，视力条件逐渐变差，特别引起注意，宜早开灯。

③ 起步前先开灯，停车后再闭灯，临时停车应开示宽灯和尾灯，必要时开危险警告灯。

④ 通过交叉路口时，应在距路口50～100米时开始减速，同时将远光灯变为近光灯，开转向灯示意行进方向。

⑤ 会车时，应在距来车150米以外将大灯由远光变为近光，变光前应注意看清前方的交通情况。

⑥ 会车时，若对方不关远光灯，应减速并连续变光示意对方关闭远光灯。如对方不关闭远光时，最好减速靠右停车，关闭远光灯，开起示宽灯。切忌斗气开远光灯会车，以免发生危险。

⑦ 转弯时车速要低，注意观察弯道内侧的路况。

⑧ 夜间行车，若已感到疲劳困乏，应就地停车休息，待体力、精神得到恢复后，再继续驾驶；勉强坚持驾驶，很容易造成交通事故，后患无穷。

第4章 科目一（理论）考试

4.1 考试内容与合格标准

4.1.1 考试内容

（1）考试范围

① 道路交通安全法律、法规和规章；

② 交通信号及其含义；

③ 安全行车、文明驾驶知识；

④ 高速公路、山区道路、桥梁、隧道、夜间、恶劣气象和复杂道路条件下的安全驾驶知识；

⑤ 出现爆胎、转向失控、制动失灵等紧急情况时的临危处置知识；

⑥ 机动车总体构造、主要安全装置常识、日常检查和维护基本知识；

⑦ 发生交通事故后的自救、急救等基本知识，以及常见危险物品知识。

（2）考试题目设置

科目一考试题库的结构和基本题型由公安部制定，省级公安机关交通管理部门结合本地实际情况建立本省（自治区、直辖市）的考试题库。

科目一考试试卷由100道题组成，由计算机驾驶人考试系统按《机动车驾驶证工作规范》规定的比例关系随机抽取、组合。组题的比例关系如表4-1所示。题型只有选择题（60题）和判断题（40题）两种，考试时间为45分钟。

4.1.2 合格标准

科目一考试满分为100分，成绩不少于90分的为合格。

科目一的题目设置如表4-1所示。

表4-1 科目一题目设置

组卷比例 / 考试内容	C1 C2 C3 C4	A1 A3 B1	A2 B2	M	D E F
道路交通安全法律、法规和规章	25%	25%	25%	25%	25%
地方性法规	5%	5%	5%	5%	5%
道路交通信号	20%	15%	15%	15%	25%
安全行车、文明驾驶知识	20%	20%	20%	20%	25%
高速公路、山区道路、桥梁、隧道、夜间、恶劣气象和复杂道路条件下的安全驾驶知识	10%	10%	10%	10%	10%
出现爆胎、转向失控和制动失灵等紧急情况临危处理知识	10%	10%	10%	10%	5%
机动车总体构造常识、常见故障判断，车辆日常检查和维护	5%	5%	5%	5%	1%
发生交通事故后的自救、急救等一般知识，危险品相关知识	5%	5%	5%	5%	4%
客车专用知识		5%			
货车专用知识			5%		
汽车吊车、电瓶车、轮式专用机械专用试题				5%	
合计	100%	100%	100%	100%	100%

（"道路交通安全法律、法规和规章" 至 "发生交通事故后的自救、急救等一般知识，危险品相关知识" 各行左侧标注：通用试题）

4.2 上机考试操作

4.2.1 考试操作

科目一考试是无纸化考试，主要通过计算机考试系统进行，考生上机操作。科目一考试系统界面如图4-1所示。

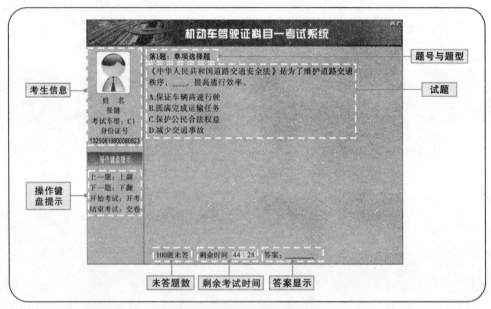

图4-1 科目一考试系统界面

考试操作是通过键盘进行，所用键盘是一种考试专用键盘，如图4-2所示。该键盘共11个键。

各键的功能如下：

"开考"键（开始考试键）

按此键后系统自动组卷，并显示第一题，同时显示剩余时间。状态栏显示为"考试中"。

"第一题"键

按此键，界面显示第一题。

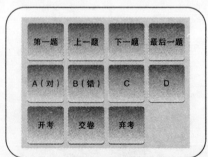

图4-2 机动车驾驶证无纸化考试专用键盘

"上一题"键

按一下此键，界面返回显示上一题。

"下一题"键

按一下此键，界面上显示下一题。

"最后一题"键

按一下此键，界面跳到最后一题。

"A（对）"键

做选择题时，按一下此键表示选择答案"A"；做判断题时，按一下此键表示选择答案"对"。例如，若考生认为某选择题的答案为"A"或者某判断题的答案为"对"，只需按一下此键即可。

"B（错）"键

做选择题时，按一下此键表示选择答案"B"；做判断题时，按一下此键表示选择答案"错"。例如，若考生认为某选择题的答案为"B"或者某判断题的答案为"错"，按一下此键即可。

"C"键

做选择题时，按一下此键表示选择答案"C"。例如，若考生认为某选择题的答案为"C"，按一下此键即可。做判断题时无效。

"D"键

做选择题时，按一下此键表示选择答案"D"。例如，若考生认为某选择题的答案为"D"，按一下此键即可。做判断题时无效。

"弃考"键

放弃本次考试，按一下此键即可。注意，此键不可乱按，否则本次考试无效。

"交卷"键

按下此键终止答题，交卷。按一下此键，界面上提示"你是否真的交卷"，如需交卷则再按一下此键即可，随即界面将显示本次考试成绩；如果只按此键一次，则不会结束本次考试，稍等片刻后即会返回到正常考试的界面。

4.2.2 注意事项

① 考前考生必须准备好自己的证件。在进考场时，考生必须凭身份证明（身份证）和"机动车驾驶学员通知单"进入考场参加考试。

② 考生进入考场后，须按监考人员指定的机位坐好，此时，系统管理员已

把每个考生信息绑定在计算机上了，考生不需输入个人信息，只需核对确认后，就可按"开考"键开始考试。

③ 敲击按键时，力度要适中，不可用力过猛，以免按键不回弹而产生连续答题。若出现这种情况，请按"上一题"键回到原答题位置，重新答题。

④ 每答完一题，一定要等系统给出下一道题时再作答，切忌着急地连续按键，连续按键同样会产生连续答题。若出现此种情况，请按"上一题"键回到原答题位置，重新答题。

⑤ 考试过程中如果系统有问题，请举手示意监考管理员来处理。

⑥ 考试过程中和完成考试后，考生切记不要按"弃考"键，也不要轻易按"交卷"键。

⑦ 如果考生在45分钟内还没有做完100道题目，系统会自动结束考试，并显示考生考试成绩及是否合格。

⑧ 如果考生在45分钟内完成100道考题并要交卷时，考生可以2次按动"交卷"键，这样系统也会显示考生考试成绩及是否合格。

⑨ 考生应本着对自己、家庭和社会负责的态度，严肃认真地对待考试，调整好自己的心态，严格遵守考试纪律，不得投机取巧，侥幸过关。

⑩ 补考规定：每个科目考试一次，可以补考一次。补考仍不合格的，本次科目考试终止。成绩不合格的考生可以重新申请考试，重新申请考试时间间隔不少于30天。在驾驶技能准考证明有效期内(有效期为两年)，已考试合格的成绩依然有效。

⑪ 考试时确认自己的身份信息后，按下"开考"键后即开始考试（时间倒计时）。考试规定：15分钟后可以交卷，45分钟后自动交卷，交卷之前可任意修改答案。交卷后考试分数立刻显示在电脑屏幕上，90分或以上者考试合格，考试结束；89分或以下的为不合格，应举手向监考员报告，待监考员示意后进行补考。

4.3　科目一的学习技巧

4.3.1　制订学习计划

　　驾驶学员在参加考试之前要制定一个学习计划。笔者将自己曾经参加考试的一些经验技巧总结出来供各位读者参考。科目一考试内容的学习大致可分为四个阶段：

阶段一：通读教材

　　将驾校发的教材中与科目一有关的内容通读一遍。

阶段二：自测题库

　　将教材题库中与自己所考车型相关的所有题做一遍（在报名领教材时，驾校会告诉学员考试试题范围），做完后对照标准答案，将做错、不会做、不能确定的题用醒目的标记标出来。

阶段三：总结规律

　　根据自测情况，总结出自己的薄弱环节，做错、不会做、不能确定的题目的相关内容就是薄弱环节。对于薄弱环节的相关联的内容总结出规律，重点记忆。

　　一般地，对于一些与数字有关的题目是比较容易出错的题。所以，对与数字有关的题目要找出它们的规律，寻找内在联系，便于加深记忆。

阶段四：模拟测试

　　模拟测试可以通过模拟测试软件或在一些与汽车驾驶相关的网站上进行。在模拟测试结束后，对测试中做错或不能确定的那些题目要做一个总结，对这类题要重点强化。

阶段五：总结做题方法

　　考试只有两类题型，分别是选择题和判断题。选择题的做题方法很多，例如排除法。

4.3.2 重视老师（教练）的作用

驾校老师（教练）一般会对科目一考试内容进行系统、深入的研究，学员通过老师（教练）的讲解，可以轻松掌握考试的重点、难点内容。对于一些难以理解的问题，经老师一讲，会恍然大悟，所以驾校老师授课一定要听。对于一些不懂的问题，要及时找授课老师（教练）解决。

4.3.3 练习与记忆技巧

（1）以题库为主攻目标

科目一考试试题全部来自题库，所以要把题库作为主攻目标。题库中的试题有一千多道，如死记硬背，可能谁也记不住，必须搞清楚每道题为什么是这个答案，知道其中的原理，明确交规的合理性和科学性。驾驶员试题库章节分解专项练习可以有效帮助你解决这个问题。

（2）找出薄弱环节

把题库中试题全部做一遍，先不要看答案，全部答完后再对照答案。答对了，并知道为什么是这个答案，这题就过关了，不要再管它；答错了，做上标记。全部做完后，有标记的题便是自己的薄弱环节，需要着重强化。

（3）找出错误的原因

对于有标记的题，不能看一下正确答案，然后死记。要查阅法规、教材或参考书，找出错误的原因，做到真正理解贯通。

（4）找出相近试题

题库中有许多相近的试题，容易产生混淆，这就需要拿出来进行归纳，在归纳中记忆，在归纳中理解。如交通标志中步行、徒步、注意行人、人行横道和注意人行横道的图案都很相近，容易混淆，学习时，要把它们进行归类，这样才不容易出错。

（5）找出关联试题

> 题库中经常有十几、二十道题都反复围绕一个知识点进行考核，选择题考过，再用判断题考，所以考核的知识点也就大约几十个，实际上题库压缩一下也就几百题，这就要求触类旁通，把知识点充分运用起来。

（6）找到记忆技巧

题库中有很多试题带有数字，可对数字进行归纳，这样不仅容易记，而且记得牢。例如：

状况一

能见度小于200米时，开启雾灯、近光灯、示廓灯和前后位灯，车速不得超过60公里/小时，与同车道前车保持100米以上的距离。

状况二

能见度小于100米时，开启雾灯、近光灯、示廓灯、前后位灯和危险报警闪光灯，车速不得超过40公里/小时，与同车道前车保持50米以上的距离。

状况三

能见度小于50米时，开启雾灯、近光灯、示廓灯、前后位灯和危险报警闪光灯，车速不得超过20公里/小时，并从最近的出口尽快驶离高速公路。

对于这三种情况，只要记住261，145，520便可。学习时，应按照适合自己的记忆法进行归纳和记忆。

4.4 考试难点总结

在科目一题库中有些内容比较难记和容易混淆，比如与数字有关的常识、交通标志和交警手势等。为了让读者对这些内容更容易掌握，现将与数字有关的常识、交通标志和交警手势等内容归纳如下。

4.4.1 数字常识的归纳

（1）距离

1.6毫米

轮胎花纹（指沟槽）磨至小于1.6毫米必须更换轮胎。

0.15米

两轮摩托车载物宽度不能超过左右车把0.15米。

0.20米

两轮摩托车载物长度不能超出车身0.20米。

0.30米

车辆靠边停放后右车轮与路沿的宽度不能超过0.30米。

1.0米

行车时与两侧车辆横向间距不能小于1.0米。

1.5米

◇在高速公路上车速达到或超过100公里/小时超车时，与被超的车辆横向间距不能小于1.5米。

◇摩托车载物限高1.5米。

2.5米

轻型货车载物限高2.5米。

4~10米

软连接牵引时两车保持的安全距离是4~10米。

30米

◇距离公交站、加油站、急救站、消防队门口、消防栓30米内禁止停放车辆。

◇近光灯照射距离需30米以上。

50米

◇距离路口、铁路道口、隧道口、窄桥、窄路、弯路、陡坡、施工路段等50米内禁止停放车辆。

◇能见度小于50米，限速30公里/小时。（指的是普通道路）。

◇在高速公路上能见度小于50米，限速20公里/小时。

◇在高速公路上车速低于100公里/小时，前后车距保持50米以上。

◇普通道路放置危险警示牌50~100米。

100米

◇在高速公路上能见度小于100米，限速40公里/小时。

◇在高速公路上车速达到或超过100公里/小时，前后车距保持100米以上。

◇远光灯照射距离需100米以上。

150米

◇高速公路放置危险警示牌不少于150米。

◇夜间会车开启近光灯的距离不小于150米。

200米

在高速公路上能见度小于200米，限速60公里/小时。

500米

◇城市外公路中心隔离带开设缺口，方便行人通过，每增开一个缺口间隔不得小于500米。

◇驶离高速公路时，应距出口500米选择右道行驶。

（2）车速

20公里/小时

在高速公路上能见度小于50米，限速20公里/小时。

30公里/小时

◇经过路口、铁路道口、窄桥、窄路、弯路、陡坡、施工路段、进出非机动车道等任何复杂路段或遇有恶劣天气，限速30公里/小时。

◇牵引和拖曳车辆时，限速30公里/小时。

◇没有中心线（没有划分机动车道、非机动车道）的城市道路限速30公里/小时。

40公里/小时

◇没有中心线的城市外公路限速40公里/小时。

◇在高速公路上能见度小于100米，限速40公里/小时。

50公里/小时

只有中心线（一个方向一条车道）的城市道路限速50公里/小时。

60公里/小时

◇在高速公路上能见度小于200米，限速60公里/小时。

◇高速公路右道的最低限速60公里/小时，也是我国高速公路正常行驶的最低限速。

70公里/小时

◇只有中心线（一个方向一条车道）的城市外公路限速70公里/小时。

◇设计最高时速达不到70公里/小时的机动车禁止驶入高速公路。

80公里/小时

◇在高速公路上时速达不到80公里/小时的车辆只能在右道行驶。

◇摩托车在高速公路上限速80公里/小时。

90公里/小时

同一方向三条或以上车道的高速公路中间车道最低限速90公里/小时。

100公里/小时

◇同一方向两条车道的高速公路左道最低限速100公里/小时。

◇高速公路安全距离确认路段，用于确认车速为每小时100公里时的安全距离。

110公里/小时

同一方向三条或以上车道的高速公路左道最低限速110公里/小时。

120公里/小时

高速公路所有车道的最高限速120公里/小时，也是我国高速公路行驶的最高限速。

（3）时间

2秒

行车时视线不能离开行驶方向2秒以上。

3秒

开启转向灯3秒后，方可变更车道等。

20分钟

连续驾车4小时，须休息20分钟以上。

24小时

因故不能参加交通事故调解，应提前24小时通知承办的交通警察。

3天

车辆注册登记3个工作日内完成。

7天

被记12分的驾驶员须参加7天的道路交通安全法律法规学习和教育。

10天

◇发生交通事故请求公安机关调解的，在收到交通事故认定书10日内提出书面调解申请。

◇交通事故事后请求处理的，应在提出请求后10日内提供事故证据。

◇申请变更车身颜色，应在变更后10日内向车辆管理所交验机动车。

◇在一个记分周期内第二次或以上被记12分的，科目一考试合格后10日内考科目三。

15天

◇违章缴交罚款的期限为15天。

◇被记12分的驾驶员15天内去接受处理，逾期不去的公告驾驶证停止使用。

◇醉酒后驾驶机动车的，由公安机关交通管理部门约束至酒醒，处15日以上拘留。

◇县级以上人民政府对车辆限行、禁行做出规定，应提前15个工作日向社会公告。

30天

◇驾驶证信息发生变化应在30日内向车辆管理所申请换证。

◇机动车被扣留后应30日内来接受处理。

3个月（90天）

◇驾驶证有效期截止前三个月或90天内换证。

◇机动车被扣留后30日内不来接受处理，公告3个月仍不接受处理的，依法拍卖被扣机动车。

3个月以上6个月以下

醉酒后驾驶机动车的，由公安机关交通管理部门暂扣3个月以上6个月以下机动车驾驶证。

半年（6个月）

60岁或以上的驾驶员应在每个记分周期结束后半年内体检。

1年（12个月）

◇60岁或以上的驾驶员应在每个记分周期结束后半年内体检，1年1次。

◇小型车辆15年内1年1检。

◇一个记分周期为12个月。

◇领取驾驶证的头12个月为实习期。

◇车辆保险周期为1年，每年投保一次。

◇驾驶证逾期1年未年审、换证，注销驾驶证。1年内可重新申领。

2年

◇小型机动车从注册登记之日起，6年内2年1检。

◇被吊销驾驶证的2年后可重新申领驾驶证。

3年

发生交通事故（没有逃逸）如需追究刑事责任的，处3年以下有期徒刑或拘役。如逃逸的，没有致人死亡的判3~7年，致人死亡判7~15年。

6年、10年、长期

驾驶证的有效期分别为6年、10年和长期。

终生

交通肇事逃逸的，吊销机动车驾驶证，终生不能重新申领。

（4）扣分

扣1分

◇上道路行驶的机动车未放置保险标志，未随车携带行驶证、机动车驾驶证的。

◇不按规定使用灯光的。

◇不按规定会车的。

◇其他违反机动车载物规定的。

◇驾驶摩托车后座乘坐未满12周岁的未成年人的，驾驶轻便摩托车载人的。

扣2分

◇有拨打、接听手持电话、观看电视等妨碍安全驾驶的行为的。

◇在高速公路匝道、加速车道或者减速车道上超车的。

◇行经交叉路口不按规定行车或者停车的。

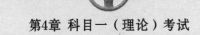

◇行经人行横道，不按规定减速、停车、避让行人的。

◇违反禁令标志、警告标志、禁止标线、警告标线指示的。

◇在同车道行驶中，不按规定与前车保持必要的安全距离的。

◇机动车行驶时，机动车驾驶人、乘坐人员未按规定系安全带的。

◇驾驶和乘坐二轮摩托车，不戴安全头盔的。

◇在实习期内驾驶公共汽车、营运客车或者执行任务的警车、消防车、救护车、工程救险车以及载有爆炸物品、易燃易爆化学物品、剧毒或者放射性等危险物品的机动车的，或者驾驶的机动车牵引挂车的。

◇驾驶公路客运车辆以外的载客汽车载人超过核定人数未达20%或者违反规定载货的。

◇货车载物超过核定载重量未达30%的。

◇不按规定牵引故障机动车的。

扣3分

◇在高速公路上违反规定拖曳故障车、肇事车的。

◇驾驶机动车违反规定牵引挂车的。

◇违反道路交通信号灯通行的。

◇不按规定超车的。

◇不按规定让行的。

◇在道路上车辆发生故障、事故停车后，不按规定使用灯光和设置警告标志的。

◇驾驶公路客运车辆以外的载客汽车载人超过核定人数20%以上的。

◇机动车行驶超过规定时速未达50%的。

◇在高速公路上货运机动车车厢、二轮摩托车载人的。

◇逆向行驶的。

◇上道路行驶的机动车未按规定定期进行安全技术检验的。

◇在高速公路上驾车低于规定最低车速的。

◇驾驶禁止驶入高速公路的机动车驶入高速公路的。

◇低能见度气象条件下在高速公路上不按规定行驶的。

扣6分

◇连续驾驶公路客运车辆或者危险物品运输车辆超过4小时未停车休息或者停车休息时间少于20分钟的。

◇饮酒后驾驶机动车的。

◇在高速公路上不按规定停车的。

◇机动车行驶超过规定时速50%以上的。

◇货车载物超过核定载重量30%以上或者违反规定载客的。

◇在高速公路上倒车、逆行、穿越中央分隔带掉头的。

◇驾驶机动车载运爆炸物品、易燃易爆化学物品以及剧毒、放射性等危险物品，未按指定的时间、路线、速度行驶或者未悬挂警示标志并采取必要的安全措施的。

◇机动车驾驶证被暂扣期间驾驶机动车的。

◇上道路行驶的机动车未悬挂机动车号牌的。

◇故意遮挡、污损、不按规定安装机动车号牌的。

◇使用伪造、变造机动车号牌或者使用其他机动车号牌的。

◇公路客运车辆载人超过核定人数未达20％或者违反规定载货的。

扣12分

◇醉酒后驾驶机动车或者饮酒后驾驶营运机动车的。

◇驾驶公路客运车辆载人超过核定人数20％以上的。

◇造成交通事故后逃逸，尚不构成犯罪的。

◇驾驶与准驾车型不符的机动车的。

（5）年龄

18周岁以上、70周岁以下

申请小型汽车、小型自动挡汽车准驾车型机动车驾驶证的人，年龄应在18周岁以上、70周岁以下。

21周岁以上、50周岁以下

申请城市公交车、中型客车、大型汽车、无轨电车或者有轨电车准驾车型机动车驾驶证的人，年龄应当在21周岁以上、50周岁以下。

24周岁以上、50周岁以下

申请牵引车准驾车型机动车驾驶证的人，年龄应当在24周岁以上、50周岁以下。

26周岁以上、50周岁以下

申请大型客车准驾车型机动车驾驶证的人，年龄应当在26周岁以上、50周岁以下。

4.4.2 易混淆交通标志

易混淆交通标志如下所示（可另见书末彩插）。

标志	名称	标志	名称	标志	名称
	会车让行		向左行驶		注意行人
	会车先行		线形诱导标		步行
	双向交通注意会车		两侧通行		人行横道
	窄桥		避车道		机动车通行
	两侧变窄		紧急停车带		机动车道
	两侧通行		直行		非机动车通行
	左右绕行		直行车道		非机动车道
	靠左侧道路通行		单行		干路先行
	左侧绕行		单行		环岛行驶
	左侧通行				环行交叉
	停车让行	40	最高限速		鸣喇叭
	减速让行	40	最低限速		禁止鸣喇叭
		40	解除限制速度	珠海 南沙	分岔处
	禁止通行		禁止临时或长时停放车辆		禁止机动车通行
	禁止驶入		禁止长时间停放车辆		禁止小型客车通行
	无人看守铁路道口		注意信号灯		注意危险
	有人看守铁路道口		减速慢行		事故易发路段

4.4.3 交警手势

交警手势及含义见表4-2。

表 4-2 交警手势及含义

信号名称	手势	动作解析	信号名称	手势	动作解析
停止信号——示意不准前方车辆通行		1.左臂由前向上直伸与身体成135度,掌心向前与身体平行,五指并拢,面部及目光平视前方	直行信号——准许右方直行的车辆通行		3.右臂水平向左摆动与身体成90度,小臂弯曲至与大臂成90度,掌心向内与左胸衣兜相对,小臂与前胸平行,面部及目光同时转向左方45度
		2.左臂垂直放下,恢复立正姿势			4.右大臂不动,右小臂水平向右摆动与身体成90度,掌心向左,五指并拢
直行信号——准许右方直行的车辆通行		1.左臂向左平伸与身体成90度,掌心向前,五指并拢,面部及目光同时转向左方45度			5.右小臂弯曲至与大臂成90度,掌心向内与左胸兜相对,与前胸平行,完成第二次摆动
		2.右臂向左平伸与身体成90度,掌心向前,五指并拢,面部及目光同时转向右方45度			6.收右臂

续表

信号名称	手势	动作解析	信号名称	手势	动作解析
准许右方直行的车辆通行——直行信号		7.收左臂，面部及目光转向前方，恢复立正姿势	在不妨碍被放行车辆通行的情况下可以掉头——准许车辆左转弯，左转信号		5.重复动作3，完成第二次摆动
		1.右臂向前平伸与身体成90度，掌心向前，手掌与手臂夹角不低于60度，五指并拢，面部及目光同时转向左方45度			6.收右臂，面部及目光转向前方，恢复立正姿势
左转信号——准许车辆左转弯，在不妨碍被放行车辆通行的情况下可以掉头		2.左臂与手掌平直向右前摆动，手掌与身体成45度，掌心向右，中指尖至上衣中缝，高度至上衣最下一个纽扣			1.左臂向左平伸与身体成45度，掌心向下，五指并拢，面部及目光同时转向左方45度
		3.左臂回位至不超过裤缝，面部及目光保持目视左方45度，完成第一次摆动	沿左转弯行驶方向靠近路口中心，等候左转弯信号的车辆进入路口——准许左方左转弯的车辆进入路口，左转弯待转信号		2.左臂与手掌平直向下摆动，手臂与身体成15度，面部及目光保持目视左方45度，完成第一次摆动
		4.重复动作2			3.重复动作1

轻松考驾照

续表

信号名称	手势	动作解析	信号名称	手势	动作解析
左转弯待转信号——准许左方左转弯的车辆进入路口，沿左转弯行驶方向靠近路口中心，等候左转弯信号		4.重复动作2，完成第二次摆动	左转信号——准许车辆右转弯		4.重复动作2
		5.收左臂，面部及目光转向前方，恢复立正姿势			5.重复动作3，完成第二次摆动
左转信号——准许车辆右转弯		1.左臂向前平伸与身体成90度，掌心向右，手掌与手臂夹角不低于60度，五指并拢，面部及目光同时转向右方45度			6.收左臂，面部及目光转向前方，恢复立正姿势
		2.右臂与手掌平直向左前方摆动，手臂与身体成45度，手掌向左，中指尖至上衣中缝，高度至上衣左下一个纽扣	变道信号——车辆腾空指定的车道，减速慢行		1.面向来车方向，右臂向前平伸与身体成90度，掌心向左，五指并拢，面部及目光平视前方
		3.右臂回位至不超过裤缝，面部及目光保持目视左方45度，完成第一次摆动			2.右臂向左水平摆动身体成45度，完成第一次摆动

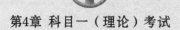
续表

信号名称	手势	动作解析	信号名称	手势	动作解析
变道信号——车辆腾空指定的车道，减速慢行		3.回复至动作1	减速慢行信号——车辆减速慢行		3.重复动作1
		4.重复动作2，完成第二次摆动			4.重复动作2，完成第二次摆动
		5.收右臂，恢复立正姿势			5.收右臂，面部及目光转向前方，恢复立正姿势
减速慢行信号——车辆减速慢行		1.右臂向右前方平伸，与肩平行，与身体成135度，掌心向下，五指并拢，面部及目光同时转向右方45度	示意车辆靠边停车信号——车辆靠边停车		1.面向来车方向，右臂前伸与身体成45度，掌心向左，五指并拢，面部及目光平视前方
		2.右臂与手掌平直向下摆动，手臂与身体成45度，面部及目光保持目视右方45度，完成第一次摆动			2.左臂由前向上直伸与身体成135度，掌心向前与身体平行，五指并拢

续表

信号名称	手势	动作解析	信号名称	手势	动作解析
示意车辆靠边停车信号——车辆靠边停车		3.右臂向左水平摆动与身体成45度，完成第一次摆动	示意车辆靠边停车信号——车辆靠边停车		6.右臂恢复至动作1
		4.右臂恢复至动作1			7.双臂同时放下，恢复立正姿势
		5.重复动作3，完成第二次摆动			

4.4.4　机动车驾驶员的法律责任

据《中华人民共和国道路交通安全法》（以下简称《道路交通安全法》）的有关规定，公安机关交通管理部门及其交通警察对道路交通安全违法行为，应当及时纠正。

公安机关交通管理部门及其交通警察应当依据事实和《道路交通安全法》有关规定对道路交通安全违法行为予以处罚。对于情节轻微，未影响道路通行的，指出违法行为，给予口头警告后放行。

对道路交通安全违法行为的处罚种类包括：警告、罚款、暂扣或者吊销机动车驾驶证、拘留。

具体处罚规定如下：

（1）违反道路交通安全法律、法规关于道路通行规定

机动车驾驶人违反道路交通安全法律、法规关于道路通行规定的，处警告或者二十元以上二百元以下罚款。《道路交通安全法》另有规定的，依照规定处罚。

（2）酒后驾车

饮酒后驾驶机动车的，处暂扣一个月以上三个月以下机动车驾驶证，并处二百元以上五百元以下罚款；醉酒后驾驶机动车的，由公安机关交通管理部门约束至酒醒，处十五日以下拘留和暂扣三个月以上六个月以下机动车驾驶证，并处五百元以上二千元以下罚款。

饮酒后驾驶营运机动车的，处暂扣三个月机动车驾驶证，并处五百元罚款；醉酒后驾驶营运机动车的，由公安机关交通管理部门约束至酒醒，处十五日以下拘留和暂扣六个月机动车驾驶证，并处二千元罚款。

一年内有前两款规定醉酒后驾驶机动车的行为，被处罚两次以上的，吊销机动车驾驶证，五年内不得驾驶营运机动车。

（3）超载

公路客运车辆载客超过额定乘员的，处二百元以上五百元以下罚款；超过额定乘员百分之二十或者违反规定载货的，处五百元以上二千元以下罚款。

货运机动车超过核定载重量的，处二百元以上五百元以下罚款；超过核定载重量百分之三十或者违反规定载客的，处五百元以上二千元以下罚款。

有前两款行为的，由公安机关交通管理部门扣留机动车至违法状态消除。

（4）机动车停放、临时停车规定

对违反道路交通安全法律、法规关于机动车停放、临时停车规定的，可以指出违法行为，并予以口头警告，令其立即驶离。

机动车驾驶人不在现场或者虽在现场但拒绝立即驶离，妨碍其他车辆、行人通行的，处二十元以上二百元以下罚款，并可以将该机动车拖移至不妨碍交通的地点或者公安机关交通管理部门指定的地点停放。公安机关交通管理部门拖车不得向当事人收取费用，并应当及时告知当事人停放地点。

因采取不正确的方法拖车造成机动车损坏的，应当依法承担补偿责任。

（5）未放置检验合格标志、保险标志，或者未随车携带 行驶证、驾驶证

上道路行驶的机动车未悬挂机动车号牌，未放置检验合格标志、保险标志，或者未随车携带行驶证、驾驶证的，公安机关交通管理部门应当扣留机动车，通知当事人提供相应的牌证、标志或者补办相应手续，并可以依照本法第九十条的规定予以处罚。当事人提供相应的牌证、标志或者补办相应手续的，应当及时退还机动车。

故意遮挡、污损或者不按规定安装机动车号牌的，依照《道路交通安全法》第九十条的规定予以处罚。

（6）伪造、变造或者使用伪造、变造证件

伪造、变造或者使用伪造、变造的机动车登记证书、号牌、行驶证、检验合格标志、保险标志、驾驶证或者使用其他车辆的机动车登记证书、号牌、行驶证、检验合格标志、保险标志的，由公安机关交通管理部门予以收缴，扣留该机动车，并处二百元以上二千元以下罚款；构成犯罪的，依法追究刑事责任。

当事人提供相应的合法证明或者补办相应手续的，应当及时退还机动车。

（7）非法安装警报器、标志灯具

非法安装警报器、标志灯具的，由公安机关交通管理部门强制拆除，予以收缴，并处二百元以上二千元以下罚款。

（8）处二百元以上二千元以下罚款的行为

有下列行为之一的，由公安机关交通管理部门处二百元以上二千元以下罚款：

行为一

未取得机动车驾驶证、机动车驾驶证被吊销或者机动车驾驶证被暂扣期间驾驶机动车的。

行为二

将机动车交由未取得机动车驾驶证或者机动车驾驶证被吊销、暂扣的人驾驶的。

行为三

造成交通事故后逃逸，尚不构成犯罪的。

行为四

机动车行驶超过规定时速百分之五十的。

行为五

强迫机动车驾驶人违反道路交通安全法律、法规和机动车安全驾驶要求驾驶机动车，造成交通事故，尚不构成犯罪的。

行为六

违反交通管制的规定强行通行，不听劝阻的。

行为七

故意损毁、移动、涂改交通设施，造成危害后果，尚不构成犯罪的。

行为八

非法拦截、扣留机动车辆，不听劝阻，造成交通严重阻塞或者较大财产损失的。

行为九

对驾驶拼装的机动车或者已达到报废标准的机动车上道路行驶的驾驶人，处二百元以上二千元以下罚款，并吊销机动车驾驶证。

（9）吊销机动车驾驶证

违反道路交通安全法律、法规的规定，发生重大交通事故，构成犯罪的，依法追究刑事责任，并由公安机关交通管理部门吊销机动车驾驶证。

造成交通事故后逃逸的，由公安机关交通管理部门吊销机动车驾驶证，且终生不得重新取得机动车驾驶证。

（10）机动车驾驶证暂扣或者吊销处罚

执行职务的交通警察认为应当对道路交通违法行为人给予暂扣或者吊销机动车驾驶证处罚的，可以先予扣留机动车驾驶证，并在二十四小时内将案件移交公安机关交通管理部门处理。

道路交通违法行为人应当在十五日内到公安机关交通管理部门接受处理。无正当理由逾期未接受处理的，吊销机动车驾驶证。

公安机关交通管理部门暂扣或者吊销机动车驾驶证的，应当出具行政处罚决定书。

暂扣机动车驾驶证的期限从处罚决定生效之日起计算；处罚决定生效前先予扣留机动车驾驶证的，扣留一日折抵暂扣期限一日。

吊销机动车驾驶证后重新申请领取机动车驾驶证的期限，按照机动车驾驶证管理规定办理。

（11）扣留机动车

公安机关交通管理部门扣留机动车，应当当场出具凭证，并告知当事人在规定期限内到公安机关交通管理部门接受处理。

公安机关交通管理部门对被扣留的车辆应当妥善保管，不得使用。

逾期不来接受处理，并且经公告三个月仍不来接受处理的，对扣留的车辆依法处理。

第5章 | 科目二（场地驾驶）考试

科目二考试项目包括：桩考、坡道定点停车和起步、侧方停车、通过单边桥、曲线行驶、直角转弯、限速通过限宽门、通过连续障碍、百米加减挡、起伏路行驶。这些考试项目中分为必考项目与选考项目，选考项目根据不同车型随机选取。

5.1 桩考

桩考也叫做蝴蝶桩，是汽车驾驶证的必考科目。从2006年开始，由原来的人工监考改为使用红外线监考，也就是电子监考，如图5-1所示是红外线监考考场。使用电子桩考的考试成绩比人工监考更客观。

图 5-1 电子桩考场

轻松考驾照

5.1.1 考试目的

穿桩、倒库、移库考试科目是驾驶证考试的必考内容之一。目的是使学员掌握左边倒车、右边倒车以及汽车横向移动的基本技能，在驾驶操作中能够顺利地将车辆入库、停泊。

5.1.2 考场参数标准

桩杆场地的设置标准为：库长为2倍车长，前驱动车为2倍车长加0.5米。库宽，大型车为车宽加0.7米，小型车为车宽加0.6米。车道宽为车长的1.5倍。如图5-2所示。

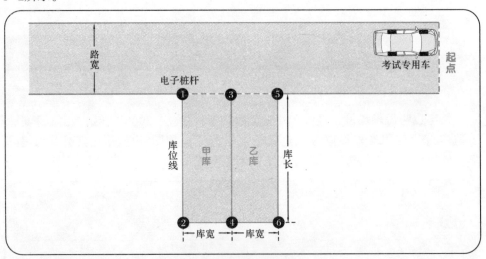

图5-2 考场参数标准

5.1.3 考试操作要求与判断标准

（1）操作要求

① 从起点起步倒车入甲库停正，再二进二退移位到乙库停正，再由乙库前进穿过甲库至路上选位停车，再倒车入乙库；如图5-3所示。

② 考试过程中车辆不得熄火（即全过程中不准熄火）。

③ 汽车前进、倒退途中不准使用半联动和任意停车。

④ 在操作过程中，汽车任何部位不得碰杆、擦杆和越线。

⑤ 不准开门探视，每次起步前停车后车辆不得溜动。

⑥ 汽车停稳后不得转动方向盘。

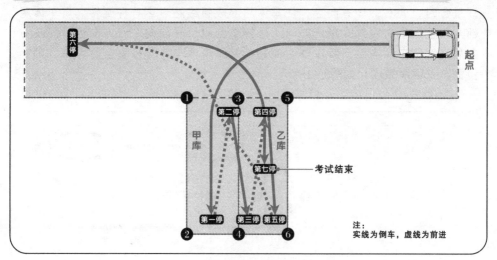

图 5-3　考试操作要求

（2）评判标准

考试过程中出现以下情况之一均为不合格：

① 不按规定路线、顺序行驶。

② 碰擦桩杆。

③ 车身出线。

④ 移库不入。

⑤ 在不准许停车的行驶过程中停车两次。

⑥ 熄火。

⑦ 头伸出车窗外。

5.1.4　考试操作方法

（1）倒车入甲库

穿桩的第一步是右转向后倒车至甲库尾部停正。操作方法是先直线后倒，后倒时，应注意车身不要过于靠边，以免打方向时，左前翼子板或左前轮出线，一般左前轮距路边约0.8米为宜。当右侧后窗下窗沿中点处与③号杆重合时，向右转动方向盘，使车体后部成弧线贴近②号杆旋转。当车体尾部入库至后窗右侧约30厘米处与④号杆重合时，开始向左回方向盘，回正方向后直线倒车，当倒至距车体右侧后角30厘米处与④号杆重合时停车，第一步倒车入甲库完成，如图5-4所示。

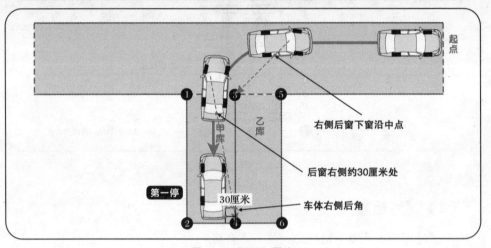

图5-4 倒车入甲库

（2）移库

移库操作过程主要是两进两退。

① 第一次前进

汽车起步后快速向右打死方向盘，当车体左前角与③号杆重合时，快速向左打死方向盘，待车体右前角接近③号杆时，迅速向右回正方向盘并停车，如图5-5所示。

② 第一次后退

汽车起步后快速向右打死方向盘，当车体左后角有与④号杆重合时，迅速向左回方向，让车体左后角靠近④号杆停车，如图5-6所示。

③ 第二次前进

汽车起步后先向右打方向，当左前角超过③号杆20厘米时快速向左回方向，停车时尽可能将车调直或偏左，如图5-7所示。

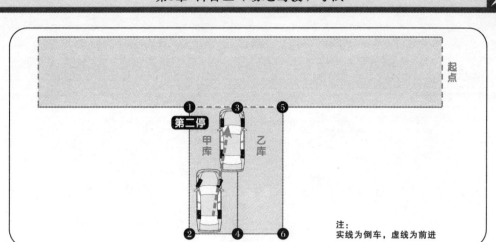

图5-5 第一次前进

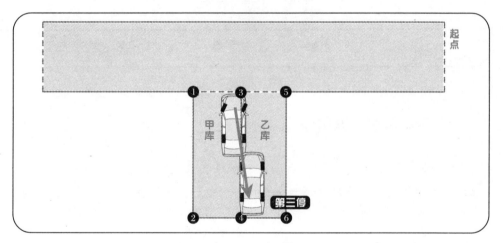

图5-6 第一次后退

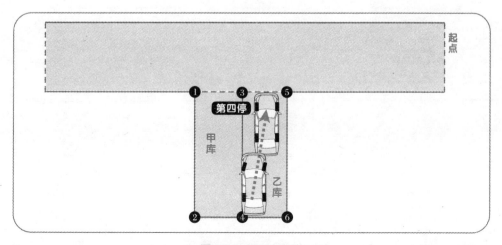

图5-7 第二次前进

④ 第二次后退

向右打方向盘至车体左后角向前20厘米处与④号杆重合时，快速向左回方向，将车体调直后回方向盘停车，如图5-8所示。

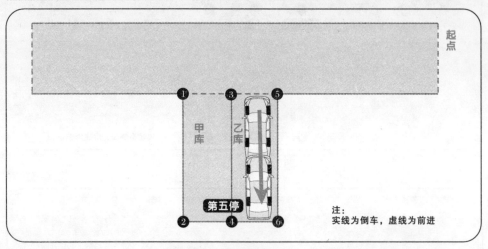

图5-8 第二次后退

（3）由乙库经甲库出库

挂1挡从乙库起步，向左打方向盘到适合位置，从①、③两杆之间穿过。当右后视镜出②号杆后适当向左打方向盘，待车体完全出甲库后迅速向左打方向盘，使车体与道路限制线平行并保持40厘米的距离。当车辆距①号杆6米左右时停车，并将挡位挂入空挡，如图5-9所示。

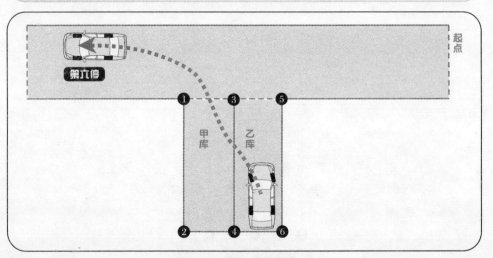

图5-9 由乙库经甲库出库

（4）倒车入乙库

　　汽车挂倒挡起步倒直线。当左后窗下窗沿中点与③号杆重合时，迅速向左打方向盘，使车体左后角成弧线，绕③号杆旋转，车体尾部倒入乙库。入库时，当后窗左侧30厘米处与④号杆重合时，迅速向右回正方向盘，直线导入乙库。当车体完全进入乙库后，即可停车，拉紧手制动，如图5-10所示。至此，移库倒库全部完成。

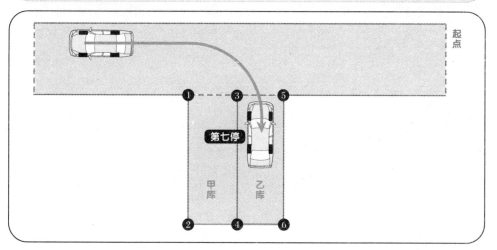

图5-10　倒车入乙库

（5）等待考试成绩

　　移库倒库全部完成后，学员考生坐在车内等待考试成绩。当考场内的显示屏显示"考试合格"字样后，学员考生再打开车门下车。这样，整个桩考才算真正完整。

5.1.5　考试注意事项

考试注意事项如下：

　　① 一般的，在桩考考场的等候室内醒目位置都会粘贴有该考场的考试流程说明，学员在考试前应详细读一读。

　　② 避免分心。学员考试时不要带手机等通讯工具或考试前关闭手机，这样避免通讯信号干扰车载监测设备或因接打电话干扰考试正常进行。

③ 牢记挡位前进挂1挡，后退挂倒挡，切忌挂错。

④ 倒车入乙库时，车身完全入库后就可以停车，这样可以避免再后倒时出现车体出库或撞杆的情况发生。

⑤ 听清考场语音提示后再操作。语音提示"考试开始"后学员才能操作，否则无效。考试全套动作完成后停车，挂空挡，拉紧手制动。学员要坐在车内等待语音提示"考试通过"或"考试合格"才能开门下车。

5.2 坡道定点停车和起步

5.2.1 考试目的

考核机动车驾驶员上坡路段驾驭车辆的能力，正确地在固定地点靠边停稳车辆，具有准确使用挡位和离合器的能力，以适应在上坡路段等候放行时的操作需要。

5.2.2 考场参数标准

定点桩杆距坡底大于1.5倍车长，全坡长度大于30米，坡度不小于10°，如图5-11所示。

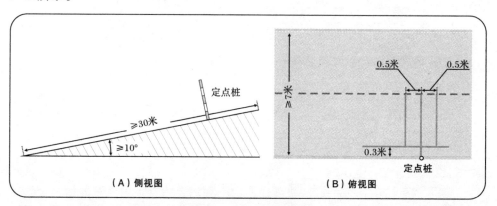

图5-11 考场参数标准

5.2.3 考试操作要求与评判标准

（1）操作要求

机动车驾驶员应通过视觉和感觉及时判断坡道的陡坦、长短及路宽等道路情况，采取恰当操作方法，控制车辆平稳停车和起步。做到转向正确，换挡迅速，方向、制动、离合器三者配合协调、准确。

（2）评判标准

如图5-11（B）所示。

①车辆保险杠未定于桩杆线上，前后超出0.5米的，考试不及格。

②起步时后溜大于0.3米的，考试不及格。

③车辆保险杠未定于桩杆线上，前后不超出0.5米的，扣20分。

④车身未靠边停止在距离右边线0.3米内的，扣20分。

⑤起步时后溜小于0.3米的，扣20分。

5.2.4 考试操作方法

（1）坡道定点停车

定点停车的操作方法：起步后迅速由低速挡逐渐挂至高速挡，在汽车接近制动线之前，车速应保持在40公里/小时以上，进入制动线以后开始制动，合理掌握制动力的分配，经过"轻、重、轻"三个不同过程，如图5-12所示。

①轻

刚开始踩制动踏板时用力要轻，切忌过猛过急。

②重

逐渐加力踩制动踏板，让车速降低，车速的80%~90%要在此阶段控制下来。

③轻

这是调整过程。可稍抬制动踏板，但不要完全抬起，用汽车的惯性使汽车到达停车线，再轻踩制动踏板，平稳停车。

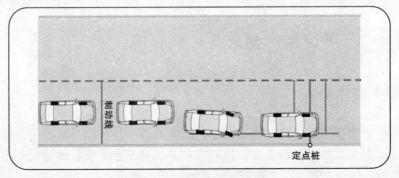

图5-12 坡道定点停车操作

（2）坡道起步

坡道起步的方法有两种：使用驻车制动起步法和使用制动踏板起步法。前者好学易会，适用于各种坡度坡道起步，考试时最好使用这一操作方法；后者操作方便，但难度较大，故常用于小坡度坡道起步和具有比较熟练操作技巧的驾驶员使用。

① 使用驻车制动起步操作

步骤一

汽车定点停车平稳停住后应稍作停歇，作为一个短暂的调整。

步骤二

调整过后，右手向后拉动手制动杆，并压下按钮保持制动位置。

步骤三

根据坡度大小适当踏下油门踏板，同时快抬离合器踏板至半联动位置保持不动。

步骤四

右手缓慢放松驻车制动杆。若发现汽车后溜时，应迅速拉紧驻车制动杆，重新起步。

步骤五

逐渐踏下油门踏板，待汽车起步前行2～3米后，再逐渐抬起离合器踏板。

② 使用制动踏板起步操作

在一些紧急情况下需要快速起步时，常采用制动踏板起步。

步骤一

确认前方情况安全，踏下离合器踏板，不让车辆向后溜，挂入低速挡（一般挂1挡）。

步骤二

速抬离合器踏板至半联动，右脚放松制动踏板的同时，迅速踏下油门踏板。

步骤三

调整油门踏板和离合器踏板配合的联动点，使汽车缓慢起步，逐渐放松离合器踏板。

轻松考驾照

5.2.5　考试注意事项

考试注意事项如下：

①松开手制动的时机要适当，过早汽车后溜，过晚发动机熄火。

②在起步过程中，如果出现溜车，应迅速踏下离合器踏板和制动踏板，按操作步骤重新起步。不可用猛抬离合器踏板和加大油门的方法强行起步，也不能猛拉驻车制动停车，以免损坏机件。

③起步时，如果油门过小或离合器踏板抬得过快，感到发动机动力不足，有熄火的可能时，不可松开手制动，应迅速踏下离合器踏板，重新起步。

④当汽车在起步过程中，出现剧烈前冲时，应迅速踩下离合器踏板，重新起步。

5.3　侧方停车

5.3.1　考试目的

　　考核机动车驾驶员掌握将整车正确停于路右车位（库）中的技能，以适应日常驾驶生活中临时停车的需要。

5.3.2　考场参数标准

　　车位长度：大型客车为1.5倍车长减1米，小型车为1.5倍车长加1米，其他车辆为1.5倍车长。车位宽度：车宽度加0.8米；道路宽度：3.5米，如图5-13所示。

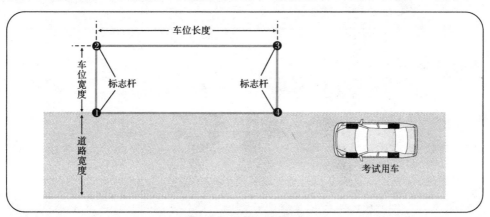

图 5-13　考场参数标准

5.3.3　考试操作要求与评判标准

（1）操作要求

　　机动车驾驶员驾驶车辆在不碰、擦库位桩杆，车轮不轧碰车道边线、库位边线的情况下，通过一进一退的方式，将车移入右侧库位中。

（2）评判标准

　　① 行驶中轮胎触轧库位和车道边缘的，扣10分。

② 车辆在入库停止后，车厢出库位线的，扣10分。

③ 入库后未摆正车身位置的，扣5分。

5.3.4 考试操作方法

侧方位停车操作步骤如图5-14所示。

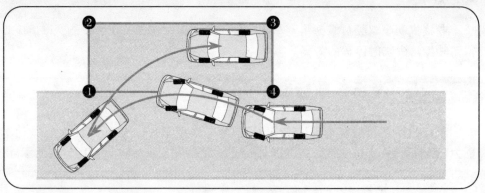

图5-14　侧方位停车操作

步骤一

当汽车直行到驾驶员与④点对齐时，向右打方向盘。

步骤二

当汽车右后轮与④点对齐时，向左迅速打死方向盘，汽车左转弯行驶。

步骤三

当汽车左前角接近路边缘线时，向右回两把方向盘，并踩制动踏板，在距边线约20厘米处停车。

步骤四

挂倒挡起步，轻踩油门踏板，汽车向后左转弯。

步骤五

当汽车将与停车位边线平齐时，向右完全回正方向盘。

步骤六

当汽车后部离停车位边线约20厘米时，踩制动踏板停车，拉紧手制动。

步骤七

待考官宣布考试结束后，开车门下车。

5.4 通过单边桥

5.4.1 考试目的

考核机动车驾驶员对所驾驶的车辆能准确运用方向，并具有对所有车轮位子的直线行驶轨迹的正确判断和掌握车辆不平行运动技术。驾驶员能够准确把握汽车右侧安全行驶距离。

5.4.2 考场参数标准

单边桥桥宽为轮胎胎面宽度加0.10米；桥高小于车辆最小离地间隙，通常小型车辆所需桥高为0.10米左右，大货车为0.25米，其他车辆桥高为0.12米；甲乙桥错位为车辆轮距加1米；甲乙全桥间距为牵引车挂车的2倍轴距，小型车辆的3倍轴距，其他车辆的2.5倍轴距；桥面长度为1.5倍车辆轴距；坡道≤7°，如图5-15所示。

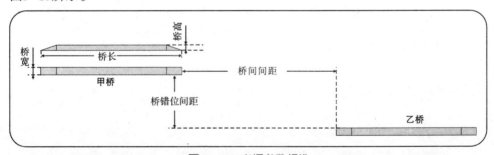

图5-15 考场参数标准

5.4.3 考试操作要求与评判标准

（1）操作要求

机动车驾驶人要掌握正确方向将甲、乙两桥分别用左、右边轮轧于轮下，平稳、顺畅通过。小型车辆使用1挡（含）以上挡位，其它车用2挡（含）以上挡位。

（2）评判标准

骑上桥面，在行驶中出现一个车轮掉下桥面一次的，扣10分。

5.4.4 考试操作方法

图5-16所示是单边桥考试操作方法。

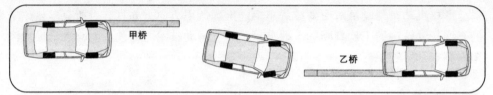

图5-16 通过单边桥操作

步骤一

通过前，降低车速，换入低速挡行驶。

步骤二

目视前方，一般选择汽车前部（一般为发动机舱盖前部）中间位置为参照点，让该点对准左单边桥，控制好方向慢慢上桥。

步骤三

当前轮上桥时，由于左前轮受桥头的作用会向右偏转，所以这时要向左稍带方向盘，以消除方向左边的自由间隙。

步骤四

上桥后，向右稍带一下方向，以抵消因汽车偏重，而向左偏行。

步骤五

当左后轮将离开左单边桥时，向右打方向盘。

步骤六

当左前轮对正右单边桥时，向左回方向盘。

步骤七

右单边桥的操作与左单边桥相反。

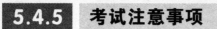

5.4.5 考试注意事项

考试注意事项如下：

① 当通过单边桥时，考生要特别注意保持端正的驾驶姿势，握紧方向盘，选好参照点。因为，右边跳板高出路面，使车身向左倾斜，方向容易跑偏。

② 刚上桥时向左修正方向，上桥后向右修正方向。

③ 提前选好延长线，驶入桥上"盲区"时照直行驶。

④ 稳住车速一次通过，不可使用制动踏板和离合踏板。

5.5 曲线行驶

5.5.1 考试目的

考核机动车驾驶员方向的应用与对车轮轨迹运行的掌握。

5.5.2 考场参数标准

路宽：大型车辆为4米，小型车辆为3.5米；半径：大型车辆为10米，小型车辆为7.5米；弧长为圆周的八分之三，如图5-17所示。

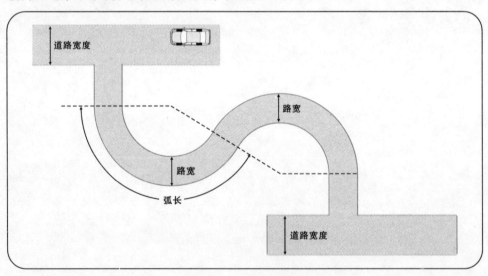

图 5-17 考场参数标准

5.5.3 考试操作要求与评判标准

（1）操作要求

汽车从弯道的一端前进驶入，减速换挡，以低挡低速从另一端驶出。行驶中不得挤轧路边缘线，方向运用自如。

（2）评判标准

① 车轮位置判断有误，车辆挤轧路边缘线的，扣20分。

② 控制方向时机不好，调整方向过早或过晚的，扣10分。

5.5.4　考试操作方法

曲线行驶考试操作如图5-18所示。

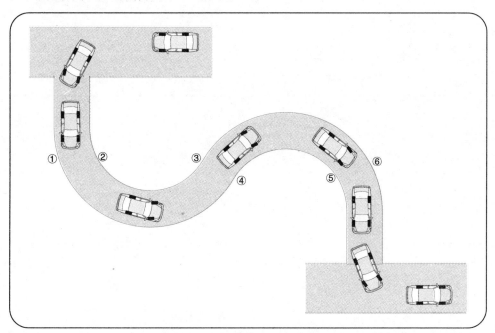

图 5-18　曲线行驶考试操作

步骤一

进入"S"形路前，打左转向灯。汽车降低车速，用1挡或2挡驶入"S"形路，选择恰当的路线及速度通过。

步骤二

观察①、②两点，注意左前轮和右后轮的行驶位置，选择行驶路线。

步骤三

进入第二个弯时观察③、④两点，控制行驶路线及回方向盘的时机。

步骤四

观察⑤、⑥两点，控制行驶路线及回方向盘的时机。

轻松考驾照

5.5.5 考试注意事项

考试注意事项如下：

①起步前，先想清楚转动方向盘的方向，修正和转动方向盘要及时，幅度要适度。

②行驶过程中车速要均匀，不要到转弯处转动方向盘时，突然降低车速，应做到行驶平稳，避免猛闯。

5.6 直角转弯

5.6.1 考试目的

考核机动车驾驶员在急转弯路段能迅速运用方向并对车辆内、外轮差距进行正确判断。

5.6.2 考场参数标准

路长大于1.5倍车长；路宽：小型车辆为轴距加1米，其他车辆为轴距加0.5米，对于半挂牵引车路宽为牵引车轴距加3米；全挂牵引车轴距为牵引车的轴距。考场参数如图5-19所示。

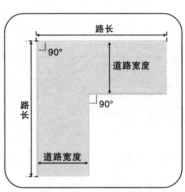

图5-19 考场参数标准

5.6.3 考试操作要求与评判标准

（1）操作要求

用低速按规定的路线行驶，一次不停地完成，车辆可以由左向右或由右向左直角转弯通过。

（2）评判标准

① 车轮触轧突出点的，考试不及格。

② 车轮每触轧道路边缘线一次的，扣20分。

③ 借助倒车完成的，扣10分。

5.6.4 考试操作方法

直角转弯考试操作如图5-20所示。

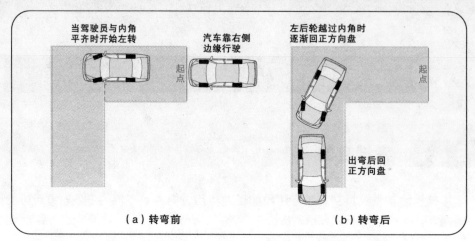

图 5-20　转直角弯考试操作

步骤一

进入直角弯之前，应先将汽车靠向道路右侧边缘，但也不要过于靠右，以免出线或下路，如图5-20所示。

步骤二

当直角弯内角与考生学员齐平时，开始向左打方向，如图5-20（a）所示。转弯时左后轮要留好内轮差，右前轮不要越线或驶出道路边缘。

步骤三

当左后轮与内角线平齐时，方向盘刚好打到底。

步骤四

当左后轮越过内角线时，开始逐渐向右回方向驶出弯路，如图5-20（b）所示。在向右回方向的同时，还需回头观察车前情况，以免右前轮出线或刮碰其他障碍。

5.6.5　考试注意事项

① 进行角转弯操作时，用低速挡通过，目测和判断要准确，正确估计内轮差。内后轮禁止压凸起点、边线，中途不得停车，要一次通过。

② 当车头将要转入新方向时，回方向要及时，并做到一次到位。要特别注意防止右（左）前轮压及外侧线。

5.7 限速通过限宽门

5.7.1 考试目的

考核机动车驾驶员掌握汽车在较高速度行驶过程中，其外侧两边处于路面上的位置；提高观察和判断路边固定障碍物与行进中车体距离的能力。

5.7.2 考场参数标准

路宽不小于7米；门宽为车宽加0.6米；连续设置3个限宽门，3门之间各相距3倍车长，1、3两门设置于同一水平位置，2门与1、3门交错一个车宽距离。限宽门设置在平直良好的路面上，如图5-21所示。

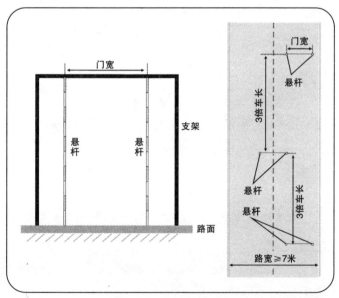

图5-21 考场参数标准

5.7.3 考试操作要求与评判标准

（1）操作要求

汽车驾驶员应驾驶车辆将车速控制在不低于20公里/小时，将车辆从三门之间穿越，不得碰擦门悬杆。

（2）评判标准

每碰擦一次门悬杆，扣20分。

5.7.4　考试操作方法

限速通过限宽门考试操作如图5-22所示。

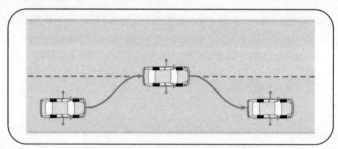

图5-22　通过限宽门考试操作

步骤一

汽车起步并稳住车速，车速保持在25公里/小时。考生目视前方，在车轮延长线上提前选好参照物，并对正前进。合理选择前方的参照物，以参照物一边的悬杆为准对其进行观察，眼睛的余光就始终不能离开该边的悬杆。

步骤二

当汽车接近限宽门5～10米时，考生用余光观察一侧(通常是左侧)的悬杆，并使其与车外一侧保持0.3米的距离，稳速通过。

步骤三

当汽车接近限宽门时，如果发现悬杆与车体两侧距离不相等时，应稍稍修正方向，并及时回正，避免出现车头通过，车身偏斜，车尾碰杆。

5.7.5　考试注意事项

考试注意事项如下：

① 汽车在通过限宽门时，车速不得低于25公里/小时。

② 合理选择前方的参照物。

5.8 通过连续障碍

5.8.1 考试目的

考核机动车驾驶员驾车通过连续障碍时，对各车轮行驶轨迹和内轮差位置的判断能力。

5.8.2 考场参数标准

路宽7米；沙井盖直径0.7米；②、③、④、⑤沙井盖中点距路中心线（偏距）1米；盖高小于车辆最小离地间隙，通常小型车辆6厘米、其他车辆10厘米；沙井盖间距为相邻两块圆饼中心点在路中心线上的投影之间的距离，大型客车、大型货车所考核的沙井盖间距为2倍车辆最前轮轴至最后轮轴距，小型汽车为2.5倍的车辆轴距，牵引车考试只设①、②、③三个沙井盖，间距为1.5倍轴距，轴距是牵引车前轴至挂车最后轴的轴距。场地参数如图5-23所示。

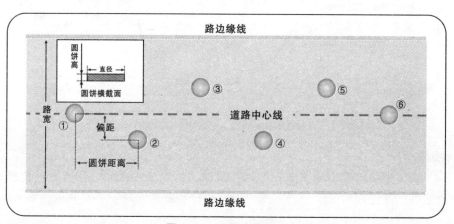

图5-23 考场参数标准

5.8.3 考试操作要求与评判标准

（1）操作要求

该路段共设置6块或3块沙井盖，除小型车用1挡外，其他车型使用2挡

(含)以上挡位车速，将车骑于沙井盖之上通过，车轮轨迹不得碰、擦、轧沙井盖，并且不得超过或轧压两侧路边缘线。

（2）评判标准

① 不按规定路线行驶，不合格；

② 车轮驶出边缘线，不合格；

③ 车轮轧路边缘线，每次扣20分；

④ 轧一个沙井盖，扣10分。

5.8.4 考试操作方法

通过连续障碍考试操作如图5-24所示。

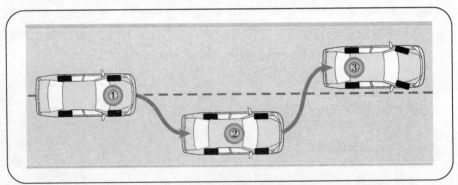

图5-24 通过连续障碍考试操作

步骤一

在行进骑越障碍物的第一个沙井盖时，提前修正方向，让汽车两前轮对准圆饼，并让偏向第二个沙井盖一侧的车轮尽量靠近第一个沙井盖。

步骤二

当汽车前轮越过沙井盖后，马上向第二个沙井盖方向偏转方向盘。

步骤三

当汽车对正第二个沙井盖时，将车身回正，并使偏向第三个沙井盖一侧的车轮尽量靠近第二个沙井盖。

步骤四

按照上述方法通过第三个沙井盖。通过沙井盖后，迅速回到正常行驶线路。

5.8.5 考试注意事项

考试注意事项如下：

① 在骑越沙井盖前，要提前对正目标。

② 把握好运用方向盘的时机，早打早回。

③ 稳住车速一次通过，整个过程不能使用制动踏板和离合踏板。

5.9　百米加减挡

　　百米加减挡，指驾驶员在汽车起步后，由1挡逐级加至5挡，再由5挡逐渐减至1挡，全部操作要在100米之内完成。它是驾驶员在初级阶段所要练习的重点科目之一。熟练掌握百米加速挡，有益驾驶员日后在驾驶过程中，正确处理道路交通情况，准确把握换挡时机。

5.9.1　考试目的

　　考核汽车驾驶员操纵车辆挡位的熟练程度。

5.9.2　考场参数标准

　　道路长100米，在50米处设置有标志杆（牌），百米加减挡考场如图5-25所示。

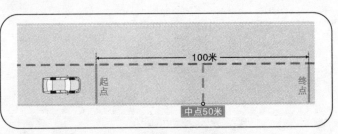

图5-25　考场参数标准

5.9.3　考场参数标准

（1）操作要求

　　汽车在百米内依次完成从1挡加到5挡，再从5挡降至1挡位的过程，不能越级加减挡。

（2）评判标准

　　①不在规定区域停车，不及格。

　　②中途停车，不及格。

③ 熄火，扣20分。

④ 不按顺序加减挡或未完成，不及格。

⑤ 越中心线，扣20分。

5.9.4 考试操作方法

加挡的操作方法如下：

步骤一

汽车起步后车速达到5公里/小时左右时，即可迅速由1挡换入2挡（使用两脚离合）。

步骤二

加到2挡之后，继续加油提速，当车速达到3挡的低速阶段25公里/小时时迅速换入3挡。

步骤三

加到3挡后，还是继续加油提速，提速时间要一级比一级长，在车速接近35公里/小时左右时再换入4挡。

步骤四

紧接着再提速，当车速达到45公里/小时左右时迅速换入5挡，然后松开油门踏板收油，为减挡做准备。

减挡的操作方法如下：

步骤一

在由4挡刚换入5挡时不要再加油，马上换回4挡（用两脚离合，轰油减挡）。

步骤二

降到4挡之后，收油，利用发动机的牵阻作用来减速（不许踩制动踏板减速），再由4挡降到3挡。

步骤三

当由中速挡3挡向低速挡的2挡过渡时，轰油应稍大些或稍晚一会再降到2挡。因为不许踩制动踏板可能会造成车速较快，产生高速减挡的现象，所以，降到2挡时的轰油应稍大些或稍晚一会再降。

步骤四

减到2挡之后，还是要充分利用更为明显的发动机牵阻作用制动减速，稍作停顿再减到1挡。至此，百米加减挡结束。

5.10 起伏路行驶

5.10.1 考试目的

考核机动车驾驶员掌握在凹凸不平的起伏路上驾驶的要领和对起伏路面进行正确判断的能力，并做到制动、离合器、挡位三者配合恰当。

5.10.2 考场参数标准

凹沟顶宽、凸起底宽为车轮直径加60厘米；深（高）度：大型客车、小型车辆为6厘米，其他车辆为12厘米；在设置障碍时，要保证α角小于汽车的离去角，β角小于汽车的接近角，同时，设置障碍的深度和高度要小于车辆的最小离地间隙，如图5-26所示。

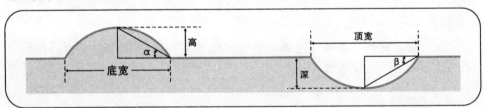

图 5-26 考场参数标准

5.10.3 考场参数标准

（1）操作要求

要在障碍物前20米内制动减速，用低速挡或使用半联动通过。

（2）评判标准

① 通过起伏路面时，车速控制不当，车辆严重跳跃，不合格。

② 通过起伏路面前不减速，扣10分。

③通过起伏路面前过早减速，扣5分。

5.10.4 考试操作方法

保持适当的车速（一般挂2挡），在凹沟或凸起前20米内制动减速，等即将进入凹沟或凸起前减为1挡并踩下离合（适当带点刹车），等车轮进入凹沟或凸起的同时抬点离合并配合适当的油门，则车辆就会平稳地通过了，不会出现颠簸现象，如图5-27所示。

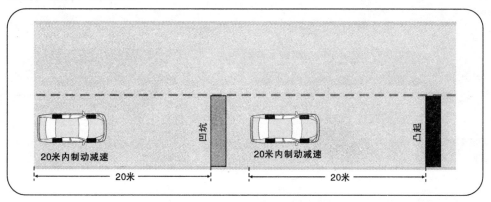

图5-27 起伏路面驾驶考试操作

第6章 科目三（道路驾驶）考试

与科目二一样，科目三考试采取必考项目与选考项目相结合的方式进行，选考项目根据不同车型随机选取。

6.1 科目三考试内容与评判标准

6.1.1 考试内容

（1）考试内容

① 在道路上驾驶机动车完成考试项目的情况。

② 遵守交通法律、法规的情况。

③ 综合控制机动车的能力。

④ 正确使用灯光、喇叭、安全带等装置的情况。

⑤ 正确观察、判断道路交通情况的能力。

⑥ 安全驾驶行为、文明驾驶意识。

（2）考试项目

科目三考试基本项目包括：上车准备、起步、直线行驶、变更车道、通过路口、靠边停车、通过人行横道线、通过学校区域、通过公共汽车站、会车、超车、掉头、夜间行驶。

大型客车、牵引车、城市公交车、中型客车、大型货车、小型汽车、小型自动挡汽车、低速载货汽车准驾车型考试项目不得少于10项，必考项目：上车准备、起步、直线行驶、变更车道、通过路口、靠边停车。其中，大型客车、牵引车、城市公交车、中型客车、大型货车准驾车型还应当进行夜间或者低能见度情况下考试；其他汽车准驾车型还应当抽取不少于20%进行夜间或者低能见度状况下的考试。

各个省级公安机关交通管理部门可以根据各地实际情况，增加汽车准驾车型的考试项目，确定其他准驾车型的考试项目。

6.1.2 考试评判标准

考试时出现下列情形之一的，考试不合格：

（1）不按规定使用安全带。

（2）不按交通信号灯、标志、标线或者民警指挥信号行驶。

（3）车辆行驶中骑轧车道中心实线或者车道边缘实线。

（4）车速超过限速规定。

（5）起步时车辆后溜距离大于30厘米。

（6）车辆行驶方向控制差。

（7）驾驶汽车双手同时离开方向盘。

（8）单手控制方向盘时，不能有效、平稳控制行驶方向。

（9）换挡时低头看挡或者连续两次换挡不进。

（10）制动、加速踏板使用错误。

（11）行驶中空挡滑行。

（12）视线离开行驶方向超过2秒。

（13）行驶中不能保持安全距离和安全车速。

（14）争道抢行，妨碍其他车辆正常行驶。

（15）因观察、判断或者操作不当出现危险情况。

（16）不按考试员指令驾驶。

（17）违反交通安全法律、法规，考试员认为影响安全驾驶的。

（18）不能熟练掌握牵引车与半挂车安全连接方法。

考试时出现下列情形之一的，扣20分：

（1）起步、转向、变更车道、超车、停车前不使用转向灯。

（2）将车辆停在人行横道、网状线内等禁止停车区域。

（3）起步时车辆后溜，但后溜距离小于30厘米。

（4）长时间骑轧车道分界线行驶。

（5）转弯时，转、回方向过早、过晚，或者转向角度过大、过小。

（6）不主动避让行人、非机动车。

（7）对可能出现危险的情形未采取减速、鸣喇叭等安全措施。

考试时出现下列情形之一的，扣10分：

（1）起步、转向、变更车道、超车、停车前，开转向灯少于3秒即转向。

（2）驾驶姿势不正确。

（3）操纵方向盘手法不合理。

（4）选择挡位不当，造成车辆低挡高转速行驶或者车辆抖动。

（5）起步挂错挡，不能及时纠正。

（6）换挡时发生齿轮撞击。

（7）遇情况时不会合理使用离合器半联动控制车速。

（8）因操作不当造成发动机熄火一次。

（9）不能根据交通情况合理使用喇叭。

（10）不能根据交通情况合理选择行驶车道或者行驶速度。

（11）制动不平顺。

（12）通过积水路面遇行人、非机动车时，有不减速等不文明驾驶行为。

6.1.3 考试合格标准

科目三考试满分为100分。按照不同准驾车型设定不合格、减20分、减10分的评判标准。达到下列分值规定的，科目三考试合格：

（1）报考大型客车、牵引车、城市公交车、中型客车、大型货车准驾车型，应当达到90分。

（2）报考其他准驾车型的应当达到80分。

6.2 科目三考试对策

　　这一节中，将给驾驶学员逐一介绍科目三（道路驾驶）考试目的、考试要求、考试评判标准、操作方法和注意事项等。让驾驶学员详细了解各个考试项目，做到心中有数，考试时能够胸有成竹，提高考试通过率！

6.2.1 上车准备

（1）考试目的

　　考核机动车驾驶员安全上下车、掌握对车辆进行安全检视的方法。

（2）考试要求

　　机动车驾驶员环视车辆，确保安全，掌握正确的上、下车方法。

（3）考试评判标准

　　① 不绕车一周检查车辆外观及安全情况，不合格。

　　② 打开车门前不观察后方交通情况，不合格。

（4）操作方法

　　机动车驾驶人从右后车门下车前侧头观察右后方交通情况，下车后逆时针绕车一周，检查轮胎气压、轮胎磨损情况、轮胎螺栓以及传动轴螺栓（大车），检查有无漏水、漏油等情况，有无妨碍起步的障碍物以及路面情况。至车辆左侧车门，观察左后轮；向右侧观察后方交通情况，在无妨碍安全情形时，左手打开车门，右脚进驾驶室，左脚跟进，关车门。

（5）考试注意事项

　　考试注意事项如下：

① 上车前记得逆时针绕车一周。

② 观察绕车检查过程。

③ 打开车门前侧头观察后方情况。

6.2.2 起步

（1）考试目的

考核机动车驾驶员遵守操作规程、具有正确观察情况和安全检视的能力。

（2）考试要求

机动车驾驶员能正确观察交通情况，起步过程迅速、平稳、不闯动、不后溜、不熄火、不错挡。

（3）考试评判标准

① 制动气压不足起步，不合格。

② 车门未关闭起步，不合格。

③ 起步前，未通过后视镜并向左方侧头，观察左、后方交通情况，不合格。

④ 启动发动机时，变速器操纵杆未置于空挡（或者P挡），扣10分。

⑤ 发动机启动后，不及时松开启动开关，扣10分。

⑥ 不松驻车制动器起步，扣10分。

⑦ 道路交通情况复杂时起步不能合理使用喇叭，扣10分。

⑧ 起步时车辆发生闯动，扣10分。

⑨ 起步时，加速踏板控制不当，致使发动机转速过高，扣5分。

⑩ 启动发动机前，不调整驾驶座椅、后视镜、检查仪表，扣5分。

（4）操作方法

① 检查车门是否关好。

② 调整驾驶座椅、后视镜，系安全带，检查驻车制动器。

③ 启动发动机时，踩下离合器踏板，变速器操纵杆置于空挡（或者P挡）。

④ 发动机启动后，及时松开车钥匙，检查仪表、制动气压；挂起步挡，开启左转向灯，鸣喇叭，观察内、外后视镜及侧头观察左、后方交通情况。

⑤ 松驻车制动器，缓抬离合器踏板，轻加油，平稳起步。

（5）注意事项

① 起步前的准备。

② 观察情况。

③ 起步时转向灯使用。

④ 起步平稳情况。

6.2.3 直线行驶

（1）考试目的

考核机动车驾驶员直线行驶时方向的稳定性，理解挡位与动力的关系，控制跟车距离，培养观察的意识和养成良好的驾驶行为。

（2）考试要求

机动车驾驶员做到合理使用挡位保持动力；方向运用合理；跟车距离和速度控制适当；观察方法正确。

（3）考试评判标准

① 方向控制不稳，不能保持车辆直线运动状态，不合格。

② 车门未关闭起步，不合格。

③ 超过20秒不通过后视镜观察后方交通情况，扣10分。

④ 不了解车辆行驶速度，扣10分。

⑤ 未及时发现路面障碍物，未及时采取减速措施，扣10分。

（4）操作方法

① 稳定控制方向保持直线行驶。

② 遇前车制动时能及时采取减速措施。

③ 了解车辆行驶速度，行驶中保持安全距离和安全车速，不超速行驶。

④ 机动车驾驶人在行驶过程中每间隔20秒左右，需通过内、外后视镜观察后方交通情况；在观察情况时，视线离开行驶方向不得超过2秒。

⑤ 遇路面障碍物时，能及时采取减速措施。

⑥ 行驶中根据道路情况能合理选择挡位，确保行驶动力。

（5）注意事项

①控制方向的稳定性。

②学员既清楚前方车辆动态，还应对后车动向有所了解。

③动力判断正确、挡位运用熟练。

④跟车距离和速度控制适当。

6.2.4 变更车道

（1）考试目的

考核机动车驾驶员的守法意识和安全驾驶行为。

（2）考试要求

机动车驾驶员能选择变道的地点、时机，掌握正确的变道方法。

（3）考试评判标准

① 变更车道前，不通过内、外后视镜观察后方道路交通情况，不合格。

② 变更车道时，判断车辆安全距离不合理，妨碍其他车辆正常行驶，不合格。

③ 连续变更两条以上车道，不合格。

（4）操作方法

① 变更车道前，要通过内、外后视镜观察后方道路交通情况。

② 正确使用转向灯，在开转向灯3秒后转动方向盘。

③ 变更车道时，正确判断车辆安全距离，控制行驶速度，不得妨碍其他车辆正常行驶。

④ 变更车道时，不允许连续变更两条以上车道、长时间骑轧车道分界线、骑轧车道中心实线或者车道边缘实线。

（5）注意事项

① 转向灯的运用（转向前3秒钟）。

② 观察道路情况。

③ 变道时方向运用。

④ 车速控制。

⑤ 遵守路面标志、标线。

6.2.5　通过路口

（1）考试目的

考核机动车驾驶员在通过各种路口时的安全驾驶能力及守法意识、文明礼让意识。

（2）考试要求

机动车驾驶员能合理地观察交通情况，减速观望，选择相关车道，正确运用转向灯，根据不同路口采取正确的操作方法，安全通过路口。

（3）考试评判标准

① 通过路口前未减速慢行，不合格。

②直行通过路口不观察左、右方交通情况，不合格。

③转弯通过路口时，未观察侧前方交通情况或未通过内、外后视镜观察侧、后方交通情况，不合格。

④遇有路口交通阻塞时进入路口，将车辆停在路口内等候，不合格。

⑤不按规定避让行人和优先通行的车辆，不合格。

⑥左转通过路口时，未靠路口中心点左侧转弯，不合格。

（4）操作方法

①直行通过路口，在通过路口前减速观望，并选择正确的导向车道，通过内、外后视镜以及侧头观察左、右方交通情况，低速通过。

②左转弯通过路口时，开启左转向灯，进入导向车道，减速，观察前方交通情况，并通过内、外后视观察左侧、后方交通情况；靠路口中心点左侧转弯通过。

③右转弯通过路口时，开启右转向灯，进入导向车道，减速，观察前方交通情况，并通过内外后视镜观察右侧、后方交通情况；注意避让右侧非机动车和行人，低速通过。

④进入环岛时，让已在环岛内的车辆先行，进入环岛需逐渐靠向环岛内侧行驶，出环岛前开启右转向灯，合理避让行人、车辆。

⑤遇有路口交通阻塞时应依次等候，车辆不得进入路口。

⑥不得将车辆停在路口内等候，通过路口的车辆要按规定避让行人和优先通行的车辆。

⑦严格遵守交通信号灯、标志、标线或者民警指挥信号行驶；做到礼貌行车，不争道抢行，不妨碍其他车辆正常行驶。

（5）注意事项

①减速、观望。

②遵守信号灯、交通标志、标线。

③车速控制。

④转向灯运用。

⑤转向时机、角度、内（外）轮差。

⑥车辆、非机动车、行人等情况判断与处理。

6.2.6 通过人行横道线

（1）考试目的

考核机动车驾驶员的观察能力、文明礼让意识。

（2）考试要求

机动车驾驶员能观察交通动态，合理控制车速，做到文明礼让。

（3）考试评判标准

① 不观察左、右方交通情况，不合格。

② 不按规定减速慢行，不合格。

③ 遇行人通过人行横道不停车让行，不合格。

（4）操作方法

① 行驶至人行横道线前，注意观察左、右方交通情况。

② 减速至30公里/小时以下慢行通过。

③ 遇有行人通过人行横道时，须停车让行。

（5）注意事项

① 强调减速、礼让意识。

② 遇到行人在人行横道线行走，必须停车让行。

③ 车辆不停在人行横道线上。

6.2.7 学校区域和公共汽车站

（1）考试目的

考核机动车驾驶员的预见性判断能力，强调让行意识。

（2）考试要求

机动车驾驶员能观察车辆、行人动态，做到文明礼让。

（3）考试评判标准

①不观察左、右方交通情况，不合格。

②行驶至学校区域时，不按规定减速慢行，不合格。

③行驶至公共汽车站时，不提前减速，慢行通过，不合格。

④不观察公共汽车站乘客的情况，不合格。

（4）操作方法

①行驶至学校区域时，提前减速至30公里/小时以下慢行通过；适当鸣号（禁止鸣号除外），注意行人动态，观察左、右方交通情况；遇行人通过人行横道时，须停车让行。

②行驶至公共汽车站时，提前减速，慢行通过；鸣号（禁止鸣号除外），注意公共汽车进、出站的动态；观察乘客动向，着重注意公共汽车站后上车乘客的追赶、下车乘客从车头窜出以及注意公共汽车出站台时占道等情况。

（5）注意事项

①减速让行。

②注意观察。

6.2.8　会车

（1）考试目的

考核机动车驾驶员对车体方位感及横向安全间距的判断能力。

（2）考试要求

机动车驾驶员能选择会车地点，合理控制车速，保持安全间距。

（3）考试评判标准

① 在没有中心隔离设施或者中心线的道路上会车时，不减速靠右行驶，并与其他车辆、行人或者非机动车未保持安全距离，不合格。

② 会车困难时不让行，不合格。

③ 横向安全间距判断差，紧急转向避让相对方向来车，不合格。

（4）操作方法

① 在没有中心隔离设施或者中心线的道路上会车时，须减速靠右行驶，注意保持与其他车辆、行人或者非机动车横向的安全距离。

② 当会车困难时做到先慢、先让、先停。

③ 会车时，根据实际道路情况，控制车速，合理选择会车地点，掌握好横向间距。

（5）注意事项

① 文明礼让。

② 横向间距。

③ 方向运用。

④ 车速控制。

6.2.9 超车

（1）考试目的

考核机动车驾驶员对超越时机的综合判断能力和控制车辆的能力，强调安全意识和守法意识。

（2）考试要求

机动车驾驶员通过观察、判断，合理把握超车时机，采用正确的操作方法完成超车。

（3）考试评判标准

① 超车前不通过内、外后视镜观察后方和左侧交通情况，不合格。

② 超车时机选择不合理，影响其他车辆正常行驶，不合格。

③ 超车时未与被超越车辆保持安全距离，不合格。

④ 超车后急转向驶回本车道，妨碍被超车辆正常行驶，不合格。

⑤ 从右侧超车，不合格。

⑥ 当后车发出超车信号时，具备让车条件不减速靠右让行，扣10分。

（4）操作方法

① 超车前，保持与被超越车辆的安全跟车距离。

② 注意左侧交通情况并通过内、外后视镜观察后方情况。

③ 在不影响其他车辆正常行驶的情况下，开启左转向灯，选择合理的时机，从被超越车辆左侧超越。

④ 超车时，注意侧头观察被超越车辆的动态，保持横向安全距离；超越后，在不影响被超越车辆正常行驶的情况下，开启右转向灯，缓慢转向驶回本车道。

⑤ （让超车）行驶中随时注意后方车辆行驶情况，当后车发出超车信号时，具备让车条件应减速，开启右转向灯，靠右让行。

（5）注意事项

① 观察。

② 合法性（标志、标线）。

③ 合理性（转向灯运用、路况、时机、速度等条件）。

④ 文明礼貌。

6.2.10 靠边停车

（1）考试目的

考核机动车驾驶员掌握停车技能，做到安全合理、平稳、准确、正直。

（2）考试要求

机动车驾驶员能全面观察情况，正确运用转向灯，选择停车地点，制动、方向运用合理。

（3）考试评判标准

① 停车前，不通过内、外后视镜观察后方和右侧交通情况，不合格。

② 停车后，车身超过道路右侧边缘线或者人行道边缘，不合格。

③ 停车后，在车内开门前不侧头观察侧后方和左侧交通情况，不合格。

④ 停车后，车身距离道路右侧边缘线或者人行道边缘大于30厘米，扣20分。

⑤ 停车后，未拉紧驻车制动器，扣20分。

⑥ 拉紧驻车制动器前放松行车制动踏板，扣10分。

⑦ 下车后不关车门，扣10分。

⑧ 下车前不将发动机熄火，扣5分。

⑨ 夜间在路边临时停车不关闭前照灯或不开启警示灯，扣5分。

（4）操作方法

① 听到停车口令后，开启右转向灯，通过内、外后视镜观察后方和右侧交通情况；制动减速，向右转向靠边，先踩制动，降低车速后踩下离合器踏板，平稳停车。

② 拉紧驻车制动器，挂低速挡，关转向灯，关闭点火开关熄火，抬离合器踏板，松制动踏板。

③ 停车后，车身不得超过道路右侧边缘线或者人行道边缘；车身距离道路右侧边缘线或者人行道边缘保持30厘米；不可在消防栓、路口、机关门口等地方停车。

④ 在车内开门前侧头观察侧后方和左侧交通情况，下车后关好车门。

⑤ 夜间在路边临时停车关闭前照灯，开启危险报警闪光灯。

（5）注意事项

① 观察。

② 地点选择。

③ 转向灯运用。

④ 方向运用。

⑤ 制动过程。

⑥ 停车动作。

⑦ 下车动作。

6.2.11 掉头

（1）考试目的

考核机动车驾驶员掌握车辆在各种地点的掉头方法，适应日常行车的需要。

（2）考试要求

机动车驾驶员能控制车速，正确运用挡位，选择掉头地点和方式，注意观察，确保安全。

（3）考试评判标准

① 不能正确观察交通情况选择掉头时机，不合格。

② 掉头地点选择不当，不合格。

③ 掉头时，妨碍正常行驶的其他车辆和行人通行，不合格。

（4）操作方法

听到掉头口令后，观察交通情况，遵守交通标志、标线，选择掉头地点，把握掉头时机，采用适当的方法完成车辆掉头，掉头时不妨碍其他车辆和行人的正常通行。

① 一次性顺车掉头（利用左、右两侧路口进行掉头）：利用右侧路口掉头，开启右转向灯，减速后采用合理挡位，观察右侧交通情况，向右转向，适当前行，观察前、后交通情况，确认安全后，向左转向完成一次性顺车掉头。利用左侧路口掉头，开启左转向灯，减速挂低挡，观察左侧及前、后交通情况，根据路口位置适时转向，完成一次性顺车掉头。

②利用右侧路口倒车掉头：开启右转向灯，前行穿过路口停车；挂倒挡，开左转向灯，利用内、外后视镜及侧头观察前、后交通情况，起步，向右转向，将车倒入右侧路口内停车；开启左转向灯，观察左右两侧交通情况，安全驶离路口，完成掉头。

③利用左侧路口倒车掉头：开启左转向灯，侧头观察前、后交通情况及左侧路口内情况，将车辆驶入左侧路口内，靠右停车；挂倒挡，开启左转向灯，利用内、外后视镜及侧头观察前、后交通情况，起步，向右转向，将车倒至右侧公路靠边停车，完成掉头。

④公路掉头：选择视线良好较宽路段，减速挂低挡，开启左转向灯，利用内、外后视镜及侧头观察前、后交通情况，确认安全后，迅速向左转向，行驶至路边缘线前回正方向停车；挂倒挡，注意后方交通情况，起步前行，完成掉头。

（5）注意事项

①观察。

②地点选择。

③方式选择（含挡位、方向运用）。

④挡位选择。

⑤转向灯运用。

⑥掉头的连续性（在条件许可的情况下是否连续）。

6.2.12 夜间行驶

（1）考试目的

考核机动车驾驶员在夜间行车对车辆的综合控制能力，强调安全意识和文明行车的驾驶行为。

（2）考试要求

机动车驾驶员做到正确观察、判断，合理使用车辆灯光，能适应夜间驾驶，确保安全行车。

（3）考试评判标准

① 不能正确开启灯光，不合格。

② 同方向近距离跟车行驶时，使用远光灯，不合格。

③ 通过急弯、坡路、拱桥、人行横道或者没有交通信号灯控制的路口时，不交替使用远、近光灯示意，不合格。

④ 会车时不按规定使用灯光，不合格。

⑤ 在路口转弯时，使用远光灯，不合格。

⑥ 超车时未变换使用远、近光灯提醒被超越车辆，不合格。

⑦ 对低能见度道路情况判断差，不合格。

⑧ 在有路灯、照明良好的道路上行驶时，使用远光灯，不合格。

（4）操作方法

① 起步，开启左转向灯，开启前照灯，观察周围情况起步。

② 正确使用灯光，控制好车速；一般道路行驶使用远光灯照明，在有路灯、照明良好的道路上行驶时，使用近光灯。

③ 通过急弯、坡路、拱桥、人行横道或者没有交通信号灯控制的路口时，交替使用远、近光灯示意。

④ 在路口转弯时，关闭远光灯，使用近光灯通过。

⑤ 同方向近距离跟车行驶时，使用近光灯尾随；会车时互闭远光灯，并降低车速，使车辆靠右侧行驶；眼睛不易看对方的灯光，观察自己前方的地形和行驶路线。

⑥ 超车时变换使用远、近光灯提醒被超越车辆，待前车减速让车时超越。

⑦ 汽车行驶中，随时注意路况变化（如灯光照射距离由远变近时，表明汽车驶近上坡道；灯光照射由近变远，表明汽车驶入下坡道；当灯光离开路面时表示前方出现急弯或面临大坑），应根据不同路况，采取合理的操作方法，确保安全。

（5）注意事项

① 灯光的使用。

② 注意观察。

③ 夜间情况的判断。

第7章 | 考试辅导

7.1 考前准备与注意事项

（1）考前训练

学员和教练为了能够在考试时充分发挥自己的水平，顺利通过考试，考前一定要做好充分准备工作。

① 目的

综合训练的目的在于让学员学会对交通情况全面观察，反应迅速，判断准确，采取措施得当。汽车在行驶中，学员要时刻注意其他车辆和行人的动态，根据实际道路情况控制车辆的位置和速度，安全驾驶。

② 要求

在道路驾驶过程中，能自觉遵守交通法规，服从交警指挥，熟悉交通信号的变换规律，遵守交通标志和标线的行驶规定，并严格按规定行车。规范、熟练掌握起步、变速、会车、超车、让车、转向、制动和停车等基本操作在实际道路驾驶中的应用。

学员必须进行一定时间的针对复杂道路驾驶的训练，以提高在各种复杂道路上的驾驶技巧和应变能力。在各种复杂交通情况下学员能做到观察全面，判断准确，操作措施得当。

在条件允许的情况下，在考前安排一定时间让学员熟悉当地车管部门指定的道路考试场地。这样能够让学员熟悉考试的行驶路线，了解考试地段的车辆、行人等的交通情况。对指定的考试项目逐一训练或进行模拟考试，在训练或模拟考试中提醒学员考试时的注意事项。

（2）考前对考试车辆保养与维护

考前教练员要加强对考试用车的保养和维护工作，保持车辆良好的技术状态，保证学员在考试过程中驾驶车辆得心应手。教练车在使用过程中，由于学员驾驶技能处于学习和摸索阶段，不了解车辆的性能，在操作中特别容易造成汽车部件的加速磨损，甚至还会引起机件的损坏。因此，教练车的故障率较高，如果使用带故障的车辆进行考试，那一定会影响到学员操作水平的正常发挥。

（3）考前心理状态和生理状态调整

考前和考试过程中学员容易产生心理紧张，这是一种正常现象，尤其考官坐在旁边的情况下，心情会更紧张。因此，学员在考试前进行自我心理和生理状态的调整是十分必要和必需的。

① 保持乐观的思想情绪

临近考试，学员的操作技能基本成形，要想再大幅度地提高水平亦不现实。因此，把考试看成是一次训练，抱着考试必定成功的信心。考前要注意劳逸结合，尤其是考试前一天，一定要休息好，保证第二天充沛的精力。

② 消除考前紧张的心理情绪

考试前学员往往会表现出情绪焦躁、坐立不安、面部表情紧张等，对此学员要做好自我控制和调整，适当地或有意识地去分散注意力，与学员或教练之间聊一些高兴的事情，同时，不要过多关注前面学员的考试情况。

（4）考试着装

按照驾驶车辆的相关规定，按要求着装，以免因着装不合适而影响考试时的正常驾驶操作。

（5）听从考官指挥

① 自我放松、充满信心

考试过程中学员要排除外界不良因素干扰，如：不要在意考官的态度、表情等。学员要相信和尊重考官，但不要畏惧，要把考官当作是自己的教练，尽力发挥正常水平，展示自己掌握的驾驶技能，避免不应有的失误，争取好成绩。

② 认真做好每个基本动作

上、下车时对考官要有礼貌，须征得考官同意方进行操作，给考官一个良好的印象。认真做好各个基础动作，给考官展示较强的操作基本功。要严格按照考前的训练要求，规范、准确、连贯、从容地展现操作水平，动作的正确、规范、熟练可增加考试成功的信心。

（6）切记考前考中情绪急躁和思想麻痹

考试前或考试中，既要克服随随便便"试试看"的麻痹思想，又要克服考试"碰运气"的想法，对考试必须认真对待、充分准备。做到考试前认真全面复习，待考时调节不良情绪，考试中稳定情绪。尽量排除一切外界干扰，做到心无杂念，考试中保持最佳的身体和精神状态，正常发挥操作水平。

若在考试过程中出现一些小的动作失误，也不要太在意和恐慌，更无须反复自责，摆正心态，以免影响后面的考试。每完成一个项目，不管发挥如何，都不要再去想它了，应全神贯注地迎接下一个项目，力争在后面的操作时准确、规范，要显得轻松自如。

切忌有放弃的思想，更不许在后面操作时鲁莽蛮干。

7.2　学员考试心理分析与心理调节

7.2.1　驾驶考试心理分析

参加驾驶科目考试的学员都想在考试中能够把自己的最佳水平充分发挥出来，成绩达到考试要求，每个科目一次就合格，顺利领取驾驶证。然而，考场的发挥并不都是遂人愿的。有的学员在平时的练习和模拟考试中成绩都不错，但一参加正式的考试成绩却不合格。造成这一问题的主要原因是多数学员的心理素质脆弱。在笔者学习驾驶的时候，同一所驾校有一位学员每次都能通过驾校的桩考模拟考试，但一到正式考试就是不能通过。他在桩考上补考了七次才合格。笔者问他原因，他的回答是："心理紧张"。

驾驶学员要把汽车驾驶的技能按考试规定真正地做到熟练自如，不仅要在平时的训练中按时按量地认真参加训练、虚心向教练学习，认真体会操作要领，总结经验。而且，还要具备较好的考试心理素质，因此学员考试前的心理调节是十分必要的。很多驾驶学员在考试中都会出现呼吸急促、语言不畅、肢体僵硬等因心理紧张引起的症状，这些都是正常现象。

造成学员心理紧张的原因有很多，例如有的学员怕考不上失面子，有的学员怕重新交学费难以承受等等。学员在驾驶考试时所产生的紧张心理是可以消除的，只要驾驶技术功底过硬，考前通过自我调节练习，能使学员在考试中的心理得到很好的平衡。

现在对驾驶学员在考试过程中出现的一些心理紧张情况进行分析。一般的，学员心里紧张伴随产生在考试的不同阶段。容易出现心理异常的几个阶段如下：

（1）检录

考试前的检录，学员都把它当成临战状态，因而紧张的程度几乎达到的最高峰。他们的脑海会快速出现以前所学过操作要领，其中出现更多的是以前所犯过的错误，以求在这次考试中不再重犯，并达到顺利通过考试的目的。此时的学员，大脑处于高度紧张状态，有些学员会出现现签名时手发抖、考官点到自己的名字时都不知道回答、还没有上车就报告考官车辆仪表正常的手足无措生理紧张现象等。

学员如果出现这样的情况，最好的调整方法是做深呼吸，并微笑地面对考官，专心聆听考官的点名和考前讲解，尽量不去想考试的事情，能这样做，就算过了克服心理紧张的首关。

（2）随车候考

随车候考是考试过程的第二个紧张期。在这个阶段，学员随车候考过程中，会观察到前面考生的考试过程，学员会不自觉的地把正在考试的考生当作自己，车上考官的每一个口令，都会不自觉地在脑海中演练。一旦正在考试的考生出错就像是自己出错一样，出现懊悔、急躁、灰心等情绪。此时，一部分学员更会出现心跳加速、尿急等生理现象。

如果出现上述情况，可以这样调整：随车候考学员不要注意正在考试考生的任何操作，把注意力转移到车外的景色上，这样可以熟悉考场环境，体会考官口令习惯，理解考官口令意图，这样不仅能缓解紧张的心情，而且还能给学员下一步的考试带来意想不到的效果。

（3）考试中

考试过程中，学员的心情一般都是处于最紧张的状态。学员一旦被考官点名开始考试的时，大部分考试学员都在提醒自己："千万不能出错。"此时，考试学员可能会出现手脚僵硬，小腹胀疼、出虚汗、尿急等症状。这样往往会适得其反。

这时候的心理调节方法就是：考试学员把自己的考试当作一次平常的练习，暂时抛开考试结果，如果不合格，大不了我再来一次，反正还有补考机会，就这么简单。

身体状态直接受到心理状态的影响，有好的心理状态才能保证考试过程中的操作动作不变形、不迟缓。

7.2.2　心理调节方法

下面简单介绍辅助放松的心理调节方法，供考生参考。

（1）自我暗示调节法

心理学研究表明，暗示作用对人的心理活动和行为具有显着的影响。暗示可以引起或抑止不好的心理和行为。自我暗示即通过内部语言来提醒和安慰自己，如"我能考好"、"我一定行"等，以此来缓解心理压力，调节不良情绪。暗示是一个正常的心理现象，人群中约有三分之一的人有较强的暗示和自我暗示效应，这类人容易无条件、非理性地接受一些观念和说法。

（2）放松调节法

用放松的方法来调节因挫折所引起的紧张不安感。放松调节是通过对身体各部主要肌肉的系统放松练习，抑制伴随紧张而产生的血压升高、头痛以及手脚冒汗等生理反应，从而减轻心理上的压力和紧张焦虑情绪。听听舒缓的音乐和幽默笑话都能够达到放松的效果，也可以想一些开心的事让自己心情放松。

（3）呼吸调节法

呼吸是心理调节的一种十分简便有效的方法。它通过某种特定的呼吸方法，来解除精神紧张、压抑、焦虑和急躁等。例如，考试学员紧张时，可以用深呼吸的方法，呼吸要深而慢，并有节奏，数四下吸一次，数八次呼气一次。这样可有效减缓考试过程的紧张感。

心理调节的方法有很多，上述只是其中常见的三种。考试学员在考试过程中，应根据自身的具体情况来选择合适自己的调节方法，让自己心情放松，顺利通过考试。

参考文献

[1] 科龙创作室编，自动挡图解汽车驾驶，北京：科学出版社，2000.

[2] 田志刚编著，驾车由新手变高手，北京：人民邮电出版社，2008.

[3] 黎亚洲，何琛编，汽车假使入门图解，北京：人民邮电出版社，2007.

[4] 张志刚主编，汽车驾驶技巧一点通，北京：国防工业出版社，2008.

[5] 任振林编著，汽车驾驶新手上路及考证必读，长沙：湖南科技出版社，2005.

[6] 杜建平，向继红等编著，汽车选购与驾驶常识240例，北京：中国林业出版社，2002.

[7] 周良平主编，汽车驾驶入门，杭州，浙江科技出版社，2005.

[8] 任洪春主编，汽车驾驶学习技巧，北京：电子工业出版社，2003.

易混淆交通标志

标志	名称	标志	名称	标志	名称
	会车让行		向左行驶		注意行人
	会车先行		线形诱导标		步行
	双向交通注意会车		两侧通行		人行横道
	窄桥		避车道		机动车通行
	两侧变窄		紧急停车带		机动车道
	两侧通行		直行		非机动车通行
	左右绕行		直行车道		非机动车道
	靠左侧道路通行		单行		干路先行
	左侧绕行		单行		环岛行驶
	左侧通行		最高限速		环行交叉
	停车让行	40	最低限速		鸣喇叭
	减速让行	40	解除限制速度		禁止鸣喇叭
		40		珠海 南沙	分岔处
	禁止通行		禁止临时或长时停放车辆		禁止机动车通行
	禁止驶入		禁止长时间停放车辆		禁止小型客车通行
	无人看守铁路道口		注意信号灯		注意危险
	有人看守铁路道口	慢	减速慢行		事故易发路段